이 책은 방일영문화재단의 지원을 받아 저술·출판 되었습니다.

차   례

머 리 말

시인 이옥용의 작품이다.

뉴스는

뉴스는 혼자 있고 싶다.
제발 누가 좀
찾아오지 않았으면 좋겠다.
사람들은 주말도 있고
방학도 있고
휴일도 있는데
뉴스는 하루도 놀 수가 없다.
오늘도 기차사고가 났다고 한다.
어제는 불이 났지,
그저께는 사람들이 싸웠지,
그그저께는 돌고래들이 죽었지,
제발 좀 하루만이라도
아무도 찾아오지 않았으면 좋겠다.
하루만이라도
뉴스를 부르지 않는
고요하고 평화로운
날이 되었으면 좋겠다.

언론계에서 기자와 데스크로 25년간 뉴스를 다뤘다. 그 후 대학에서 수년간 저널리즘 과목을 강의했다. 이러니저러니 30년 넘게 매일 뉴스를 보고 또 분석해왔다. 그런 속에서 가장 아쉬웠던 부분은 보도 기사의 현실을 정면으로 다룬 전공서적이 많이 부족하다는 점이었다. 더구나 뉴스의 범람 속에서 연일 논란을 불러일으키는 저널리즘의 쟁점과 쟁점의 충돌에 관한 미디어 교재는 거의 없었다.

미루고 미루다 이제야 졸고를 내놓게 되었다. 우선은 묵은 숙제를 마쳤다는 안도감이 든다. 그러나 곧바로 겁이 덜컥 난다. 현장에 있는 후배들이 뭐라고 할까. 미디어 전공 학생들에게 과연 도움이 될까. 걱정이 앞선다. 기탄없는 질책을 기다릴 참이다.

책 내용 가운데 미디어법과 관련된 부분이 있으나 헌법과 형법의 법리 해설이나 관련 판례는 많이 소개하지 않았다. 대신 언론 현장에서 부딪히는 상황을 주로 다뤘다. 어떤 이론이나 법조문도 현장을 다 설명하지 못한다.

언론관련 출판물 가운데 가장 인상적인 것은 일명 허친스(Hutchins) 보고서로 불리는 '자유롭고 책임 있는 언론'(A Free and Responsible Press)을 꼽을 수 있다. 1942년 당시 시카고 대학 총장 허친스를 위원장으로 언론자유위원회(일명 허친스 위원회)가 구성돼

4년여 간 활동했다. 이를 종합해 1947년 이 대학 출판부가 발간한 보고서가 이것이다. (2001년, 중앙 M&B, 김택환 역 참조)

그 중에서 70년이 지난 지금에도 가슴에 와 닿는 대목이 있다. 아직도 우리 언론계가 해결하지 못하고 있는 과제이다.

허친스 보고서는 '무엇이 행해질 수 있는가'라는 명제 아래
정부를 통해 무엇이 행해질 수 있는가 - 5가지
언론에 의해 무엇이 행해질 수 있는가 - 5가지
공중에 의해 무엇이 행해질 수 있는가 - 3가지 등
모두 13가지 권고사항을 내놓았다.

이 가운데 '언론' 부분에서 네 번째 권고는 이렇게 적시하고 있다.

"언론은 그 구성원의 능력과 독립성, 효율성을 제고하기위해 가능한 모든 수단을 사용하기를 권고 한다"
그리고
"적절한 보상, 적절한 인정, 적절한 계약은 전문 직업인으로서의 발전을 위해 반드시 필요한 전제조건"이라면서 "기자를 위한 지적인 교육프로그램을 추진함으로써 구성원의 수준을 향상시켜야한다"

지금 언론은 무척 힘들다. 그럼에도 후배들은 참으로 열심히 한다. 언론의 소명을 지켜야한다는 소신이 강하다. 열정은 여전히 뜨겁다. 이를 지속적으로 이끌려면 무엇보다 기자 스스로 공부해야한다. 물론 여기에 언론사가 기꺼이 투자해야한다. 그것만이 언론이 살 길이라는 점을 허친스 보고서는 명쾌히 설명하고 있다.

이 책이 나오기까지 응원과 지원을 아끼지 않은 우리 가족과 방일영 문화재단, 도서출판 경연사, 미디어케이디(코리아데일리)에게 깊은 감사를 드린다.

2019년 초가을
여의도 사무실에서

제1장. 서론

1. 언론 환경

1면 톱과 온라인

 오늘날 언론계를 근본부터 뒤흔들고 있는 요인은 디지털 퍼스트(digital first)다. 전통적으로 그 날의 이슈를 이끌었던 중앙지 1면 톱이나 전날 밤 9시 뉴스의 위력은 이미 그 힘을 잃었다. 160여년의 역사를 갖고 있는 미국 뉴욕타임스(NYT)가 내부 혁신보고서를 내놓은 게 지난 2014년 5월이었다. 그 핵심은 종이 신문 1면에 집중하던 이른바 Paper first에서 Digital first로 바꿔야한다는 것이다. 다음날 신문 1면보다는 그 날의 기획성 콘텐츠를 어떻게 인터넷 포털과 모바일에 신속하게 전달할 지가 더 중요하다는 점을 거듭 강조한 것이다. 그래서 25명 남짓한 에디터가 모여 다음날 조간 1면에 실을 기사 5-6건을 엄선하는 오후 4시의 1면(Page-one) 미팅을 2015년 5월 폐지했다. 그 대신 같은 인력이 온라인(on-line) 서비스를 논의하기 시작했다. 그렇게 한지도 5년이 넘었다. 여전히 디지털 대응은 부족하다. 그렇지만 2019년 10월 현재 디지털 유료 구독자 470만 명을 확보했다는 점에서 얼마든지 희망은 있다는 것이 NYT 자체

판단이다.

뉴스는 *많은데* 언론은 *힘들다*

 이런 현상은 고스란히 한국 언론에도 나타나고 있다. 온라인이 중요하다, 모바일을 잡아야한다고 여기저기서 말은 많지만 막상 솔깃한 뉴스를 낚았을 경우 '지금 당장 닷컴에 띄울 것이냐' 아니면 '잡고 있다가 내일 아침 1면에 올릴 것인가'라는 양자택일에 직면하게 된다. 해당기자는 물론 데스크도 고개를 갸우뚱한다. 그렇지만 아직도 '글쎄? 지금 올리면 좀 아깝지'하는 쪽이 상대적으로 많은 편이다. 이처럼 한국 언론은 지금 자기모순에 빠져있다. 그렇게 하면 안 된다고 말은 하지만 막상 닥치면 옛날 습관이 나오는 것이다. 그러다보니 좀처럼 디지털에 집중하는 게 어렵다. 이렇게 시간은 흘러가고 모순은 계속 된다. 언론 환경은 갈수록 나빠진다. 악순환은 거듭된다.

 이런 상황 속에서 뉴스는 연일 넘쳐난다. 또 뉴스를 생산하는 양식도 바뀐 지 오래다. 인터넷 신문이나 1인 미디어는 계속 생겨난다. 이것도 모자라 블로그와 SNS(소셜 미디어)도 뉴스를 쏟아내고 있다. 도널드 트럼프 미국 대통령의 트위터는 세계적인 유력 매체로 연일 특종을 내놓는다. 이처럼 직업적인 저널리스트만 활동하는 게 아니라 아마추어 저널리스트가 새 유형의 언론인군으로 등장했다.

뉴스 형식의 변화와 뉴 저널리즘

이러다보니 뉴스의 형식에도 변화가 일고 있다. 뉴 저널리즘의 유형이 곳곳에서 출현한다. [1]대표적인 것이 시민(또는 참여) 저널리즘, 이야기체 저널리즘(story-telling),집단 저널리즘이 그것이다. 더 나아가 특정 유형, 예컨대 탐사저널리즘을 대외적으로 표방하는 언론매체마저 등장했다. 이 같은 유형가운데 앞으로 더욱 주목받을 분야는 스토리텔링 저널리즘이다. 이는 언론이 독자에게 다가가려는 대화 저널리즘의 한 형태로 볼 수 있다. 이른바 스토리텔링(story - telling) 기법으로 기사를 쓰는 셈이다. 1인 미디어가 속출하고 SNS가 하나의 매체로 자리잡아가는 상황에서 모든 국민은 언제든지 기자가 될 수 있다. 이럴 때 언론인 교육이나 사전 훈련 없이 기사를 쓸 수 있는 것은 그저 이웃집 사람에게 이야기하는 대로 쓰면 된다. 물론 이런 형태의 스토리텔링은 여기서 말하는 스토리텔링 저널리즘과는 차이가 있지만 어쨌든 일반 시민이 기자로 나설 수 있는 가장 용이한 방식임에는 틀림없다. 아울러 기존 전통 매체에서도 이야기체 기사를 전략적으로 강조하고 있다. 신문을 아예 보지 않으려는 독자에게 보다 친근하게 다가갈 수 있는 매개체는 이야기만한 것이 없다는 판단에서다.

---

1) 최민재 외,2013,116쪽

2.저널리즘 쟁점

쟁점의 충돌과 조정

 이 같은 뉴스 환경의 급격한 변화 속에서 쟁점들은 속출한다. 이른바 저널리즘의 쟁점이라고 불리는 핫 이슈들이다. 저마다 묵직한 무게를 갖고 있다. 문제는 이 쟁점이 그냥 홀로 작동하는 게 아니라는 것이다. 이 기사, 저 기사에 복합적으로 걸쳐 있다 보니 쟁점 간 충돌 양상이 곳곳에서 벌어진다. 나아가 충돌할 경우 어느 것이 우위에 있는지를 가리기가 어렵다는 데 그 심각성이 있다. 비교우위를 따지기가 쉽지 않다. 명시적인 법률규정은 물론 거의 없다. 판례도 각각의 특수 상황을 배경으로 한다. 그러다보니 일률적으로 판정하기가 어렵다.

핫이슈 열가지

 여기서는 오늘날 저널리즘 세계에 혼재돼있는 숱한 쟁점들 가운데 가장 빈번히 충돌하고 그래서 늘 논란의 중심에 서 있는 열가지를 뽑아냈다. 우선 이들 쟁점을 구체적으로 하나씩 분석했다. 이어 다른 쟁점과의 충돌 양상을 기술하고 이것이 어떻게 비교우위를 통해 절충점을 찾아갈 수 있는지를 설명했다. 이들 열가지는 다음과 같다.

①뉴스 가치　　　　　　②언론과 권력
③국민의 알 권리　　　　④국익과 정권의 이익
⑤프라이버시권　　　　　⑥언론기업과 광고수입
⑦보도의 객관성과 공정성　⑧촌지와 기자윤리
⑨취재원 보호　　　　　⑩선정주의

쟁점마다 토론과제 제시

 보다시피 다들 무거운 주제이다. 그렇다고 이들을 회
피할 수는 없다. 거의 매일 이들 쟁점이 투영되는 기
사들이 쏟아진다. 뉴스를 다루는 입장에서 그때그때
쟁점 간 무게를 달아서 무엇을 우선하고 무엇을 뒤로
돌릴 것인지를 결정해야한다. 그러나 이것은 그렇게
쉽지만은 않다. 여러 가지 변수들이 내재되어 있다.
또 주변 상황을 입체적으로 고려해야한다. 그런 만큼
사고와 판단의 훈련이 필요하다.
 이를 위해 여기서는 각 쟁점마다 예시적으로 토론
과제를 하나씩 달아놓았다. 그 주제에 부합하는 대표
적인 보도기사가 중심이다. 보도 내용을 놓고 실제로
토론을 해봄으로써 보다 명확하게 쟁점을 이해하자는
취지에서다. 쟁점 간 토론은 절대적으로 필요하다. 그
속에서 대립의 타협점을 찾을 수 있기 때문이다.

제2장. 뉴스 가치

1.가치의 충돌

뉴스처럼 썩기 쉬운 상품은 없다

뉴스가치(News Value)를 판단하는 기준은 무수히 많다. 흔히 공통 요소로 시의성(timeliness), 근접성, 저명성(prominence), 영향성(consequence), 희귀성(novelty), 신기성(unusualness) 등을 든다. 또한 뉴스처럼 썩기 쉬운 상품은 없다, 뉴스 가치는 거리에 반비례한다, 이름이 뉴스를 만든다(Names make news), 언론은 first, last, only로 먹고 산다는 등 함축적 문장으로 설명한다. 압축적 묘사도 등장한다. 미국 뉴욕타임스는 '모든 인쇄할 가치가 있는 것은 뉴스(all the news that is fit to print)'라고 규정한다. 미국 언론인 찰스 A. 다나는 유명한 케이스를 제시했다. '개가 사람을 물면 뉴스거리가 되지 않지만 사람이 개를 물면 뉴스가 된다.'(*if a dog bites a man, that's not news. But if a man bites a dog, that's news*)가 그것이다. 요즘에는 인간적 흥미(human interest)라는 개념이 주목을 끈다. 뉴스 수용자의 감성에 초점을 둔 것이다. 이는 결국 사람 사는 이야기로 귀결된다.

 문제는 이런 뉴스 가치 중에서 가장 높은 것 또는 가장 센 것이 무엇이냐 하는 점이다. 물론 이것에는 정답이 없다. 상황에 따라, 뉴스의 종류에 따라 달라지기 때문이다. 더 큰 문제는 기사의 홍수 속에서 뉴스 가치의 충돌이 빈번하게 일어난다는 것이다. 한꺼번에 여러 가치가 분출된다. 그러다보니 기사를 선택하고 나아가 그 기사의 무게를 측정하는데 어려움이 많아진다. 어떤 기사가 더 비중 있게 다뤄져야 하느냐는 기사 선택의 문제에 봉착하게 된다. 기사 가치가 높은 기사들이 과거보다 훨씬 많아져서 탈인 셈이다. 그러다보니 역으로 기사 가치가 형편없이 떨어지는 것도 기사로 출고된다. 특히 인터넷 공간에서는 이런 류의 기사가 범람한다. 종국에 가서는 "이것도 기사냐"라는 불만이 터져 나온다.

2.이것 기사 되네

기사 판단은 이론으로 안 된다

 사실 취재 일선에선 이런 추상적인 이론이 위력을 발휘하지 못한다. 늘 시간이 빠듯한데 언제 사건사고를 뉴스가치의 이론적 틀에 맞추고 있겠는가. 취재기자는 물론 데스크는 현장에서 오랜 경험을 쌓고 뉴스에 관한 고도의 훈련을 받아온 사람이다. 그들에겐 이른바 '촉'이 있다. 본능에 가까운 뉴스 감각이 몸에 밴 프로들이다. 이들에게 '개와 사람'의 얘기는 이미 사고의 한 부분이 되어있다. 뉴스론을 완전히 익힌 후 더 나아가 이론과 실제를 몸소 체득한 고급 인력이다. 그래서 이들에게 뉴스 가치는 딱 하나로 귀결된다. 기사가 되느냐, 안 되느냐가 그것이다. 그것을 구분하는 것만이 뉴스 현장에서 통하기 때문이다. 그들이 제법 뉴스가치를 갖춘 사건사고와 마주쳤을 때 하는 말이 하나 있다. "어! 이거, 기사 되네"가 그것이다.

뉴스 감각은 훈련에서 나온다

이 표현에는 특정 사안이 기사가 분명히 되고, 또 어느 정도의 비중을 갖는다는 의미가 다 녹아있다. 그야말로 현장에서 살아 있는 한마디인 것이다. 그것은 이 사안이 왜 기사가 되고 또 얼마나 무게가 있는가를 일일이 설명할 필요가 없이 그들끼리는 그저 습관적으로 또 본능적으로 아는 것이다. 따라서 구차한 설명이 필요 없다. 쉼 없이 돌아가는 현장에서 그것이 왜 기사가 되느냐고 묻는 사람은 이미 프로가 아니다. 결국 이런 감각은 훈련과 습관에서 나온다. 중앙언론사에서 정규 공채를 통해 수습기자가 된 사람은 통상 입사 직후부터 6개월간 현장에서 혹독한 기초 훈련을 받는다. 이때부터 이런 감각이 길러지는 것이다. 절대로 훈련 없이는 기사가 되는지, 안되는지를 구분할 수 없다. 그 어떤 천재도, 그 어떤 석학도 사건과 뉴스에 관한 훈련과 연습 없이는 뉴스가치를 판별할 수 있는 '눈'이 생기지 않는다.

3.사실(fact)은 강하다

fact-finding에 사활을 건다

이 같은 뉴스가치의 충돌을 연일 경험하면서 가장 강하게 온몸에 다가오는 진리는 '뉴스에서 가장 중요한 것은 역시 fact'라는 사실이다. 아니 '사실'로 이뤄져야 하는 뉴스에서 가장 중요한 게 'fact'라니 이게 무슨 말이냐고 반문할 지도 모른다. 그러나 그것은 분명한 fact이다. 더구나 요즘처럼 가짜뉴스가 범람하는 상황에서 언론사와 언론인이 버틸 수 있는 최후의 보루는 그 기사가 사실에 기초한 fact를 갖고 있다는 것뿐이다. 이것만 있으면 어떤 권력과 정권의 농간에도 견딜 수 있다.

그러다보니 공신력 있는 언론사와 나름 기자정신이 있는 양심적 언론인은 소위 fact-finding(진실 찾기)에 사활을 걸고 있다. 물론 이것은 기자의 본분이기도 하다. 언론사에 길이 남을 미국 워싱턴포스트(WP)의 워터게이트 대특종을 한마디로 정리하면 진실(fact)을 향한 치열한 취재기록인 셈이다.

detail은 아름답다

흔히 언론계 속어로 기자를 '쟁이'로 표현한다. 이런 악착같은 진실 찾기는 쟁이의 장인 정신에 다름 아니다. 끝까지 뭔가를 구현하려고 노력해서 이룩한 결과물인 것이다. 장인 정신은 엄청나게 꼼꼼하고, 참을성 있고 또 끈질겨야 한다. 요즘에 흔히들 어떤 분야든 명작(名作)은 디테일(detail)이 아름답다고 한다. 20세기 최고 건축가 독일의 루드비히 미스 반데어로에는 "신은 디테일 안에 있다"(God is in the details)고까지 강조했다.

기사 쓰는 것을 추사 김정희의 추사체와 비유한다는 것은 다소 걸맞지 않을 수도 있다. 다만 fact를 하나라도 더 챙겨야하는 기자 정신을 강조한다는 의미에선 나름 함의가 크다. 추사가 그 독창적인 추사체를 개발하기위해 벼루 10개를 밑창 내고, 붓 1000자루를 몽당붓으로 만드는 수련을 거듭했다고 한다. 이처럼 2%가 부족하든, 아니면 0.01%가 부족하든 이것을 채워 넣어야한다. 모든 사람이 장인이 될 수는 없지만 장인 정신은 가질 수 있다. 이렇듯 명작은 그 기본에 충실한데서 나오는 것이다.

fact 하나 차이로 의미는 크게 달라진다

사소한 fact 하나 차이로 그 기사가 갖는 의미는 확연히 달라진다. 예컨대 자살 기사의 경우 팩트의 차이 하나가 엄청난 의미의 차이를 가져온다는 것은 기자

교육과정의 대표적 사례에 해당된다. 자살 사건의 기본 요소인 이름, 나이, 성별, 직업 그리고 당사자 얼굴사진가운데 하나만 틀려도 기사는 완전히 다른 기사가 된다. 사망자가 10대인지 60대인지, 여자인지 남자인지, 또 학생인지 주부인지에 따라 그 기사는 180도 달라진다. 또한 얼굴사진을 확보해야하는 것은 변사자의 외모에 따라 기사는 몇 가지 해석과 분석이 가능해진다. 단순한 변사 사건이 이럴진대 보다 복잡한 사건사고의 경우 팩트 하나가 틀리면 그 기사는 완전히 다른 기사가 된다. 자칫 엄청난 오보가 될 수 있다. 그럴 경우 그것이 가져오는 부정적 파장은 실로 엄청나게 커지게 된다. 그 어떤 것으로도 막을 수 없는 비극적 상황이 벌어지게 된다.

4.토론과제: 국회 인사청문회관련 보도

최대 관건은 Noblesse Oblige

국회 인사청문회를 다루다보면 여러가지 뉴스가치와 평가기준이 쏟아져 나온다. 그런 속에서 가장 중요한 요소는 해당 고위공직자가 Noblesse Oblige(노블레스 오블리주)를 갖고 있느냐하는 점이다. 각종 의혹에 대해 그 어떤 이유나 해명이 있더라도 종국적으로 이것을 갖추고 있느냐하는 게 최종 관문이라고 생각한다.

노블레스(명예)와 오블리즈(의무)를 갖고 있느냐하는

것은 결국 고위공직자가 도덕적 의무를 어느 정도 이행했고, 사회적 책임을 어느 정도 지고 있느냐하는 것이다. 지금까지 청문회를 종합하면 몇 가지 탈락기준이 등장한다. 위장전입, 부동산 투기, 병역기피, 탈세가 그것이다, 여기다 법조인은 고액 수임료와 전관예우가 발목을 잡았고 교수의 아킬레스건은 논문 표절이다. 문재인 대통령은 공직 배제 5대원칙(병역면탈, 부동산투기, 탈세, 위장전입, 논문표절)을 공약으로 제시한 바 있다.

제도 도입과 변천
　제16대 국회가 2000년 6월23일 인사청문회법을 제정했다. 이에 따라 김대중 정부 때 2000년 6월26일과 27일 이틀간 헌정사상 최초로 이한동 국무총리의 인사청문회가 열렸다. 2003년 1월에는 국가정보원장,검찰총장,국세청장,경찰청장을 인사 청문 대상에 포함시키는 청문회법 개정안이 통과되었다. 이어서 2005년 7월 다시 개정되어 2006년 2월5일에는 처음으로 국무위원 내정자에 대한 인사청문회가 실시되었다.

　그 후 후보자의 도덕적·윤리적 흠결이 터져 나와 자진사퇴하는 사람이 늘어났다. 도중 낙마자도 속출했다. 자연히 청문회가 여야 간 정쟁만 유발한다는 비판이 나왔다. 그럼에도 검증은 여전히 필요하다는 반론도 만만치 않게 등장해 논란을 가중시켰다. 일부에서는 청문회 무용론까지 제기했다. 헐뜯기와 인신공격이 판을 친다는 것이다. 그러나 역시 파보니까 문제가 될 만한 도덕적 흠결, 나아가 위법 요소까지 나오는 것 아니냐는 응수도 경청할 만하다.

청문회 검증 보도에 대한 평가: 동일 기준-철저 검증 이 필수

대체적으로 부실한 검증 보도가 쏟아진 것은 개별 언론사의 준비 부족과 경쟁 과열 등 기술적 원인도 한 몫 한 것으로 보인다. 인터넷 매체의 속보 경쟁은 더욱 치열해져 채 검증되지 못한 보도가 쏟아져 나왔다. [2]근거가 부족하거나 무리한 기사는 후보자를 궁지로 몰아넣기보다는 오히려 후보자에게 반격의 기회를 주었다. 또 후보자의 반론과 해명을 꼭 실어야한다. 아울러 후보자의 사생활 부분에 집중한 도덕성 검증 외에도 과연 그 후보자가 그 공직에 적합한 능력을 갖고 있는지에 대한 정책검증 보도 역시 중요하게 다뤄져야한다. 과도한 인사 검증 보도가 문제이긴 했지만 그렇다고 인사 검증 보도의 강도를 낮추는 것은 해법이 될 수 없다. 좌우 진영 논리를 떠나 동일한 기준과 잣대를 적용해 언론 스스로 검증 보도에 대한 신뢰성을 확보하는 것이 무엇보다 중요하다.

---

2)권태호,2017,신문과 방송 No.561, 48~53쪽

제3장. 언론과 권력

1.대립과 타협

비판과 견제 vs 회유와 압박

　언론과 권력은 본질적으로 숙명적 관계에 놓여있다. 그것은 영원한 불변의 진리다. 언론은 권력을 비판하고 견제하고 감시하는 게 존재의 이유다. 그래서 입법, 사법, 행정부 등 3부에 이어 제4부라는 명예까지 안겨주었다.

　반면 권력은 생래적으로 언론을 겨냥해 회유와 압박을 구사함으로써 소위 언론 길들이기에 총력을 쏟는다. 이른바 온갖 형태의 당근과 채찍을 동시에 제공한다. 문제는 양측이 자신의 존재 가치를 구현하는데 있어 각자 갖고 있는 수단과 방법이 지극히 불균형적이라는데 있다. 알다시피 언론이 늘 불리한 상황에 놓이게 된다. 그러다보니 언론이 권력과 적당하게 타협하게 되고 나아가 굴복 또는 굴종하는 현상이 벌어지게 된다. 권언 유착이나 친여매체라는 용어는 그래서 나온 것이다.

최순실 보도에서 제대로 권력을 비판했나

　한 언론학자는 2016년 겨울의 최순실 보도와 관련해

[3]한국 언론이 절체절명 위기의 순간에서 권력비판이란 고유의 임무를 수행하는데 성공했다면서 "권력비판 보도에서만이라도 정파적이고 경쟁적인 양상을 벗어나 공정하고 사실적인 보도로 이행할 수도 있겠다."고 평가한 바 있다. 그러나 이는 언론에 실제 이상으로 후한 점수를 준 듯하다. 최순실의 국정농단과 관련된 일련의 보도를 권력비판으로 볼 수도 있다. 그렇지만 그때는 이미 '박근혜 권력'은 죽은 권력이었다. 죽은 권력과의 싸움은 살아있는 권력과의 투쟁과는 비교가 되지 않는다. 너무 쉬운 게임이기 때문이다.

언론의 사명 집어 던진지 오래 아닌가

이와는 달리 한국 언론에 대해 비판적인 시각도 엄연히 존재한다. 특히 권력비판 기능에 대해 지극히 부정적인 입장을 내놓고 있다. 그들은 이렇게 말한다. "한국의 주류 언론은 살아 있는 권력을 감시하고 비판하는 언론의 사명을 포기한 것은 이미 오래 전"이라면서 "우리 언론은 비정파적이고 객관적인 보도를 하는 것처럼 철저하게 자신을 위장해왔다"고 비판했다. 사실 어떤 측면에서 볼 때 언론 스스로가 권력 집단이 되가는 듯한 측면도 있다. 언론인이 권력계층처럼 행동하는 경우도 적지 않다. 그들 스스로 자신의 정치적 이념을 실현하기 위해 언론을 수단과 도구로

3)이준웅,2017,신문과 방송 No.564,25쪽

악용하는 측면이 분명히 있다. 일부 언론은 특정 정당이나 정치 세력과 결탁하여 언론 본연의 역할을 등한시하고 정치 활동을 해온 것도 사실이다.

언론과 정부 간 충돌이 심하면 민주주의 흔들려
　웨인 완타(Wayne Wanta·64) 미국 플로리다주립대 교수(언론학)는 2019년 5월18일 광주에서 열린 한국언론학회 창립 60주년 행사에서 "정부가 비판 언론을 적(enemy)으로 돌리는 행동을 취하면서 진실이 더 이상 통하지 않는 탈(脫)진실 시대(Post-Truth Era)를 앞당기고 있다"고 분석했다. 기조연설의 주제는 '탈진실 시대의 매스커뮤니케이션: 비논리적인 것에서 논리 찾기'이다. 그는 별도의 언론 인터뷰에서 "뉴스 매체는 대중에게 정확한 정보를 전달하고 정부는 자신들의 정책을 대중에게 전달할 의무가 있다. 하지만 이 둘의 충돌이 너무 심하면 민주주의가 흔들리게 될 것"이라고 경고했다. 그는 트럼프 미 대통령이 뉴욕타임스(NYT)를 '국민의 적'이라고 비난한 사례를 들면서 "대통령이 아무리 '국민의 적'이라며 언론을 공격해도, 언론은 탈진실 시대에 몇 남지 않은 신뢰할 수 있는 매체"라고 옹호했다.

2.언론의 힘과 권력의 힘

지면과 그림, 기자정신

언론과 권력의 대립국면에서 언론이 갖고 있는 힘은 참으로 적다. 한마디로 신문의 지면과 방송의 동영상(그림)이 고작이다. 그러나 혹자는 이것으로 충분하다고 말한다. 이것만큼 강력한 힘이 어디 있느냐는 지적이다. 1면에 한 글자도 없는 하얀 백지 앞에 모든 권력이 벌벌 떤다는 것이다. 거기에 채워질 진실의 문장을 일컫는 말이다. 그래서 언론이라는 것 자체가 또 하나의 거대한 권력이라는 지적도 있다. 언론이라는 단어 그 자체가 언론의 힘이라는 것이다. 그래서 "만약 마르크스가 20세기에 살았더라면 그의 테마는 '자본'이 아니라 '커뮤니케이션'이었을 것"이라고 지적한 학자도 있다.

여기에 더해 투철한 기자정신을 빼놓을 수 없다. 크고 작은 당근에 넘어가는 경우도 있지만 어떤 채찍에도 견디는 '사실은 써야겠다'는 그 기자근성이 언론을 지탱하는 눈에 보이지 않는 엄청난 힘인 것이다.

보이지 않는 손의 작동

이에 반해 권력의 힘은 그야말로 막강하다. 또 화려하다. 아울러 그 권력을 행사할 수 있는 방안도 다양하다.

우선 권력기관의 이른바 '보이지 않는 손'이 작동한다. 언론사는 공적 기능을 수행하지만 기본적으로 기업체 범주를 벗어날 수 없다. 또 그 구성원은 공무원이 아니고 일반 국민이다. 그러다보니 기업과 회사원을 상대로 권력이 직간접으로 영향을 미치게 된다. 청와대, 국세청, 검찰과 경찰, 공정거래위원회, 금융감독위와 금감원, 방송통신위원회, 문화관광부 그리고 국정원 등이 주무르는 보이지 않은 손이 앞에서 그리고 뒤에서 마구 움직인다. 더구나 국세청이 독점권을 갖고 있는 세무조사는 아주 예리한 칼이다. 물론 우선은 언론사가 베이는 대상이지만 자칫 잘못 사용하면 정권이 베일 수도 있는 소지가 얼마든지 있다.

거액 소송제기는 언론에 재갈 물리기
　둘째로 '보이는 손'이 작동한다. 권력기관을 포함한 정부 부처와 공기업이 취재기자와 해당 언론사를 상대로 명예훼손 등을 들어 민형사상 고소·고발을 제기한다. 동시에 거액의 손해배상청구 소송을 내고 있다. 경우에 따라선 이런 것들이 남발되고 있다. 이는 해당 언론사와 언론인에 대한 엄청난 심리적·재정적 압박으로 작용한다. 더구나 손배소 금액이 툭하면 억대를 넘어간다. 어떤 때는 수십 억대에 달한다. 이런 경우 막상 그 기사를 쓴 기자에게 재판 결과에 관계없이 바로 그 때부터 엄청난 심리적 압박을 준다. 이는 분명히 언론의 자유에 대한 심대한 침해 요소로 작동한다.

언론사 관계자는 "고위공직자가 언론을 상대로 거액의 소송을 제기하는 것은 확실히 취재의 폭을 제한하려는 의도"라고 못 박았다.

셋째로 정부 부처와 공기업이 광고를 미끼로 언론을 길들이기 한다는 의혹은 끊임없이 제기된다. 무엇보다 언론의 주 수입원이 광고라는 점을 역이용한다는 지적이다.

사장 임면권 행사 통해 언론 목 죄기

끝으로 일부 언론사 사장에 대한 임면권을 직·간접으로 행사하는 것을 들 수 있다. 주식 지분 구조상 청와대의 입김이 확실히 들어가는 언론사의 경우 인사권을 갖고 있기 때문에 자연스럽게 연결고리가 생긴다. KBS MBC YTN 연합뉴스 서울신문이 여기에 해당된다. 사장 인사에 청와대가 관여하다보니 부당 인사에 대한 노조의 파업이 그치지 않았다. 또 파업에 대한 압박 수단으로 일부 노조원을 해고하고 이를 문제 삼아 다시 파업이 벌어지는 악순환이 이어진다. 이는 다분히 후진국형 언론 통제 방법이지만 여전히 현실적으로 벌어지고 있다. 예컨대 이명박 정부는 집권 5년 동안 공영방송 사장에 대선캠프에서 활동했던 인사를 앉혀 공영방송을 정권의 홍보수단으로 만들려고 했다는 비판이 나오기도 했다.

3.관계설정

어떤 것이 바람직한가

 언론의 힘이 이 정도이고, 권력의 힘 역시 이 정도가
된다면 과연 둘의 관계는 어떻게 설정되는 것이 바람
직한가. 물론 이 질문에 대한 정답은 없다. 우리나라
는 물론 언론 선진국에서조차 양자의 관계설정은 당
시의 정치지형에 따라, 통치권자의 언론관에 따라, 또
특정 사건에 따라 수시로 바뀌기 때문이다.

건강한 긴장관계는 희망사항인가

 그러나 가장 이상적인 것은 '건강한 긴장관계'가 아
닌가 싶다. 권력은 권력대로 자신의 통치이념을 구현
하기위해 노력하고, 언론은 언론대로 본연의 역할과
기능에 충실하면서 상호 견제와 균형을 유지하는 것
말이다. 그렇지만 이것은 그저 희망사항에 그칠 공산
이 크다. 권력과 언론은 하나의 적정선에서 멈추지 않
는다. 어느 쪽이든 더 나가게 마련이다. 그렇게 되면
크고 작은 충돌이 벌어지게 된다.
 여기서는 우리나라 역대 정권의 사례를 검토해본다.
관계설정의 실제를 들여다봄으로써 바람직한 관계설정
의 모델을 고찰해 보려는 취지에서다.

언론 끌어안기

 우선 김영삼 정부는 전반적으로 언론과의 관계는 무난했다. 김영삼 전 대통령(YS)이 언론에 대한 이해도가 높았고, 또 정권을 잡는 과정에서 전체적으로 언론의 도움을 받았다는 판단에 따른 것이 아닌가 여겨진다. 김영삼 정권의 언론 끌어안기가 여러 갈래에서 전개된 것도 사실이다.

 다만 예외가 있었다. 경향신문이다. 그러나 이것은 엄밀히 말하면 당시 경향신문을 소유하고 있던 한화그룹의 김승연 회장이 타킷이었다. YS가 1992년 12월 대권을 잡은 후 그때까지 그를 끊임없이 괴롭혔던 6공 황태자 박철언 전 장관을 잡아야했다. 평소 그와 절친하게 지낸 김회장이 곧바로 지목됐다. 경향신문이 김회장 구명을 위해 총력전을 펼쳤으나 YS의 결심을 꺾지 못했다. 김회장은 결국 이듬해 횡령혐의로 구속됐다. '정치보복'이 아니냐는 지적이 나올 수밖에 없었다.

언론사 세무조사

 김대중 정부가 대권을 잡는 과정에서 이른바 '조중동'으로 대표되는 보수언론이 그렇게 우호적이지는 않았다. 집권 후에도 언론과의 관계가 매끄럽지 못했다. 간혹 언론이 권력에 대드는 양상도 보였다.

 그런 상황 속에서 2001년 2월8일부터 6월19일까지

23개 중앙 언론사를 대상으로 국세청이 이른바 특별 세무조사에 나섰다. 400여명의 조사 인력이 투입됐다. 15개 언론사에 대해 조사 기간을 추가로 30일간 연장까지 했다. 조사 결과 총 탈루소득액 1조3594억 원과 탈루 법인세 5056억 원을 적출했다. 이 가운데 국세청은 국민일보,대한매일,동아일보,조선일보,중앙일보, 한국일보 등 6개 언론사에 대한 누락금액과 추징액만을 공개하고, 나머지 17개사의 추징액은 공개하지 않았다. 국세청은 관련 사주를 검찰에 고발조치했다. 당연히 언론 죽이기라는 반발이 터져 나왔다.

보수언론과의 전쟁

노무현 정부는 한마디로 '조중동'과의 언론 전쟁을 전면에 내세웠다. 물론 그것은 참여정부가 말하는 '언론개혁'의 결과물로 나온 것이다. 물론 결과만을 놓고 보면 노무현 정부는 '전투에서 처절하게 패했다'고 할 수 있다. 그렇지만 노무현 정신을 이어받은 문재인 정부가 10년 만에 들어선 현 상황에선 '전쟁은 아직 끝나지 않았다'고 할 수 있다.

참여정부 보건복지부 장관을 지낸 유시민 노무현재단 이사장은 2019년 5월 KBS 인터뷰에서 "지금 돌이켜보면 그 당시에 너무너무 끔찍했다. 텔레비전 뉴스를 볼 때도, 조간신문을 펼칠 때도 매일 매일이 무서웠다"고 회고했다.

양정철 당시 청와대 홍보기획 비서관은 참여정부 시절 개최된 한 언론토론회에 참석해 청와대 공식 입장이 아니라는 전제를 달고 언론담당 비서관으로서 참여정부의 대 언론관에 대해 이렇게 말한바 있다.

"언론과 참여정부는 대단히 소모적인 투쟁을 하고 있다. 청와대의 원칙은 균형과 상호보완을 두 축으로 하는 생산적인 긴장관계를 지향하는 것이다. 각자 권한의 균형에 맞춰 서로 당당히 비판하고, 감시 견제를 받고 남용을 절제하면서 생산적인 방향으로 나가자는 것이다. 참여정부에서 청와대 그 누구도 기사를 '빼달라, 넣어달라'고 전화 한번 한 적 없다. 혁명적 변화이다"

비판언론 누르고 보수언론 특혜주고

이명박 정부는 집권 초부터 종합편성방송채널(종편) 사업자 선정을 매개로 보수언론을 한껏 끌어안기 위해 방송통신위원회를 적극 활용했다. 전체적인 언론지형을 친여 쪽으로 이동시키려고 시도했다. 자신의 언론특보들을 언론사 사장에 잇달아 앉혔다. 언론사 지배구조 개편-측근 낙하산 투입-비판 언론인 징계 및 해고 수순으로 진행됐다. 그러나 언론 장악이라는 목표를 놓고 볼 때 이렇다 할 성과를 이루지 못했다는 평가가 적지 않다. 나아가 광우병 촛불집회를 계기로 한겨레신문 및 경향신문과 대립각을 세우게 됐다.

박근혜 정부가 언론을 대하는 태도는 2가지로 압축된다. 4)하나는 세월호 참사와 같이 정부에 불리한 이슈에 대해선 '보도 자제' 등 구체적인 보도지침을 내린다. 또 다른 하나는 불편한 보도를 상대로 고소·고발을 제기한다.

청와대의 언론 가이드라인은 곳곳에서 구체적으로 확인된다. 각본대로 진행된 2014년도 신년 기자회견이 대표적이다. 또 정권에 불리한 대목은 청와대에서 비 보도를 걸고, 이를 따르지 않고 보도한 매체에 대해선 중징계를 내렸다. 고소·고발 남발도 문제다. 2013년 10월 이후 청와대는 조금이라도 불편한 보도는 소송부터 걸었다. 의도는 분명하다. 언론의 감시기능을 위축시키기 위함이다. 청와대는 소송에서 지더라도 국민의 세금으로 비용을 충당하면 된다. 하지만 언론사는 그렇지 않다. 정권에 정면으로 대항하는 보도를 하려면 소송을 각오할 수밖에 없었다.

4.토론과제: 노무현·박근혜·이명박 전대통령 수사(소환)와 보도행태

전직 대통령이 소환됐을 때 신문은 모두 1면 톱으로

---

4) 미디어스,2014.12.31.

관련 소식을 다뤘다. 그 이후 수사 상황은 수시로 1면 톱을 장식했다. 고 노무현 전 대통령과 박근혜 전 대통령, 이명박 전 대통령에 대한 수사 상황 보도를 비교·분석하는 것은 너무 방대한 작업이다. 따라서 여기서는 보도 행태를 비교한다는 차원에 방점을 두고 가장 핵심 사안인 검찰 소환만을 떼서 다루고자한다. 이것을 다루는 언론 보도는 어떤 차이점이 있었을까. 5) 조선, 중앙, 동아일보의 당시 기사와 사설 내용을 검토해본다.

①노무현

고 노무현 전대통령 소환 다음날인 2009년 5월1일자 조선일보 1면 제목은 "아니다… 모른다… 생각 안난다"였다. 반성 없이 혐의 사실을 전면 부인하고 있다는 뉘앙스의 제목이다.

동아일보 1면 기사 제목은 "盧 "아니다, 모른다"…박연차와 대질도 거부"였다. 사설은 불구속 수사 움직임에 "검찰의 법적 결정이 감상적 논란이나 정치적 주장에 좌우될 수 없다"고 주장했다. 중앙일보 1면 제목도 "'박연차 대질' 거부"다. 대체로 '무책임함'을 드러내는 제목들이다. 다만 구속수사 여부에 대해선 구속수사 의견과 불구속 수사 의견 양측 입장을 고루 반

---

5) 미디어오늘,2018.3.15

영했다.

②박근혜

서울중앙지검에서 소환 조사를 받은 것은 2018년 3월21일이었다. 조선일보 1면 기사 제목은 "16시간 넘게 조사받은 박 前대통령"이었다. 동정심을 유발할 수 있는 제목이다. 사설 "검찰청 출두 前대통령 이번이 마지막이어야 한다"에서는 노무현 전대통령에게 '부끄럽다'고 하던 것과 달리 분노가 엿보이지 않았다. 그냥 "검찰은 박 전대통령 수사를 법과 원칙에 따라 철저하게 하되 사건 처리를 미룸으로서 생길 수 있는 혼란을 피해야 한다"는 정도였다.

동아일보는 1면에서 ""국민께 송구"…혐의는 모두 부인"이란 제목을 썼다. 사설은 "정치적 고려 없이 오로지 법과 원칙에 따라 처리하는 것이 정도이고 검찰이 살 길"이라고 했다. 중앙일보는 1면에서 조선일보와 비슷한 뉘앙스의 제목을 썼다. "14시간 조사 뒤 자정 넘어 귀가"다. 사설이 눈에 띄었다. "박근혜의 '성실한 조사' 여부로 신병 결정해야"라는 제목아래 "우리는 박 전 대통령의 발언 가운데 '조사의 성실성'에 주목하고자 한다"고 강조했다.

③이명박

조선일보 1면 제목은 "1년새 전직 대통령 2명 구속되나"다. 사설 "이 前대통령 출두, 제왕적 대통령制 고쳐야 마지막 된다"에서 "이 전대통령에 대한 수사는 혐의가 나온 뒤에 사람을 수사한 것이 아니라 사람을 먼저 표적으로 삼고 혐의를 찾아낸 것"이라고 주장했다.

동아일보는 "'참담, 죄송' 10여개 혐의는 모두 부인"이란 제목을 썼다. 사설 "檢 불려간 5번째 전직 대통령을 보는 참담함"에서는 이 전대통령에게 "인정할 혐의는 인정하고 소명할 것은 소명해야 할 것"이라면서도 구속여부에 대해 "또 한 명의 전직 대통령까지 수의에 수갑을 차고 구치소와 법원을 왔다 갔다 하는 광경을 보게 될 것인가"라며 "검찰이 이 전 대통령의 구속 여부에 대해서만은 신중에 신중을 기했으면 하는 이유"라고 주장했다.

중앙일보는 이 전대통령의 말을 아예 제목으로 뽑았다. "MB "역사에서 이번이 마지막 되길""이라는 제목이다. 사설 "참담한 이명박 전 대통령 소환…검찰은 사법 원칙 존중해야"에서는 "항변의 진위는 재판을 통해 가리면 된다"며 "전직 대통령이라고 해서 특혜를 받아서도 안 되지만 불이익이 있어서도 안 된다"라고 주장했다.

제4장. 국민의 알 권리

1.범위와 한계

알 권리는 언론의 자유

언론계 현장에서 알 권리라는 단어를 종종 쓴다. 그
것은 일선 기자들이 가지고 있는 거의 유일무이한 추
상적 도구 같은 것이다. 국민의 알 권리를 위해 온갖
통제와 간섭을 뚫고 취재해서 단 하나라도 더 보도하
려는 기자정신과도 맥이 닿아있다. 알 권리는 기자들
의 취재를 보호하고 감싸고 있는 병풍 같은 그런 존
재인 것이다. 그래서 알 권리의 근거가 이론상 국민에
게 속해 있지만 흔히 이는 언론의 자유와 동일한 의
미로 여겨져 왔다. 그러니까 기자들은 국민의 알 권리
를 충족시키기 위해 취재하는 것이고, 이는 바로 언론
의 자유를 지키는 행위인 셈이다.

알 권리 없는 민주주의는 있을 수 없다

알 권리의 주체는 국민이지만 언론은 이의 대변자로
인식된다. 개인이 꼭 알아야할 공적 정보를 국민을 대
신해 보도하는 사회적 책임이다. 그래서 언론의 자율
성을 탄압하는 모든 행위는 국민의 알 권리에 대한
중대한 침해로 연결된다.

알 권리라는 용어가 언제부터 시작되었는지는 명확하지 않다. 미국에서는 AP통신 기자 출신 켄트 쿠퍼(Kent Cooper)가 1945년 한 기고문에서 "국민의 알 권리가 없는 민주주의란 있을 수 없다"고 주장한 것이 처음 사용된 것으로 알려져 있다.

우리 헌법은 알권리에 대한 명문조항을 가지고 있지 않다. 다만 헌법 제21조(언론·출판의 자유)와 제10조(기본적 인권)를 알권리의 근거 조항으로 보고 있다. 알권리는 표현의 자유 또는 보도의 자유에 당연히 포함되는 개념이다. 헌법재판소(헌재 1991.5.13 선고,90헌마133 결정)는 알 권리의 법적 성격에 대해 "표현의 자유와 표리일체의 관계에 있는 자유권적 기본권인 동시에 청구권적 기본권"이라고 밝혔다. 다만 이 권리는 유보조항에 의해 제한될 수 있다. 그러나 그 제한은 알 권리의 본질적 내용을 침해해서는 안 된다. 또 그 제한도 최소한도에 그쳐야 한다는 게 헌법 해석이다.

정보공개청구권의 실효성 의문

[6]알 권리는 자유로운 정보유통의 권리로서 정보수령권,정보수집권,정보공개청구권을 포함하고 있다. 미국은 알권리운동의 결과로 1966년 정보자유법(Freedom

---

6) 김옥조,2005,미디어법,324쪽

of Information Act, FOIA)이 제정되어 공적 정보의 공개를 명문화했다. 우리는 알 권리 실현의 장치로 1996년 공공기관의 정보공개 등에 관한 법률(이하 정보공개법)이 제정(2004년 개정)되었다. 그 결과 모든 국민은 기밀이나 인사 사항을 제외하고는 국가기관 문서의 열람과 복사를 청구할 수 있다. 그러나 이 법은 상당히 많은 제한점을 안고 있다. 실제 적용에도 문제점을 지니고 있다. 실효성이 너무 떨어진다. 기자의 취재용도 측면에서 보면 무용지물에 가깝다. 이 법을 근거로 새로운 사실을 찾아낸 경우는 거의 없다고 해도 과언이 아니다.

언론의 자유는 파랑새와 같다

언론의 자유는 파랑새와 같다는 말이 있다. 그 느낌 그대로 너무 꽉 조이면 질식해 죽어버리고 그럴까봐 너무 살살 잡으면 훅 날아가 버린다는 말이다. 여기서 날아간다는 것은 언론의 자유가 그야말로 방종으로 흘러 사회적 해악으로까지 번진다는 의미가 들어있다. 그럼에도 언론계는 언론의 자유가 위축 되어 국민의 알 권리가 침해받는 상황에 늘 민감해 있다. 그것은 언론의 존립기반이 흔들리는 본질적 문제와 연결된다.

국민의 알 권리를 제약하는 사회구조 요소

어느 사회든 사회구조적으로 국민의 알 권리를 제약

하는 요소들이 산재해있다. 이들 요소를 하나하나 들여다보면 역으로 국민의 알 권리를 신장할 수 있는 방안이 눈에 들어온다. 물론 이들 요소를 강하게 조이면 국민의 알 권리가 위축되면서 동시에 언론의 자유도 흔들리게 된다. 이들 구조적 요소를 조직 내부요소와 외부요소로 나눠 모두 10개로 정리해 보았다.

우선 조직 내부요소를 보면,
1.소위 Gatekeeper 이론이 적용되는 편집국 보고체계
2.편집권의 독립문제가 걸려있는 경영진의 의사결정
3.언론사 노조를 들 수 있다.

조직 외부요소로는,
1.정치권력
2.광고주
3.독자
4.언론 관련 법규
5.이익단체
6.종교집단
7.정보의 독점과 왜곡 구조를 지적할 수 있다.

여기서 광고주는 신문과 방송 광고를 독점하고 있는 4대 재벌그룹, 특히 그중에서 삼성그룹의 직간접적인 압력을 말한다. 정보의 왜곡구조라는 것은 자국의 이익을 상대적으로 강하게 내세울 수밖에 없는 국영 또

는 관영 언론사가 국익과 관련된 정보를 독점하고 있는 동시에 부분적으로 정보를 왜곡하는 경향이 있다는 지적이다. 이는 결과적으로 국민의 알 권리를 제약하는 요소로 작동된다.

2.국익과의 충돌

경계선이 불분명하다

실제 현장에서 취재를 하거나 기사화할 때 국민의 알 권리가 현실적인 문제로 등장하는 경우는 이것이 국익이나 개인의 프라이버시와 충돌을 일으킬 때이다. 이럴 때 과연 어디까지를 국민의 알 권리 대상으로 볼 것인가. 또 과연 어디까지를 국익으로 간주할 것이며 어디까지가 프라이버시의 범위 안에 들어있느냐가 관건이다. 물론 그 경계선은 불분명하다. 그렇다고 아예 기준이 없는 것은 아니다. 우선 국익 문제부터 살펴본다. 국익에 관한 구체적 내용은 제5장에서 설명하므로 여기선 알 권리와의 상충만을 다룬다.

알 권리 우선이냐, 국익 우선이냐

두 개의 핵심 권리 가운데 어느 쪽을 더 우선시 해야 하느냐는 가치판단의 문제임에 틀림없다. 그렇지만 법조문이 있는 것도 아니고, 또 뚜렷한 기준이 거의 없어 늘 충돌하는 사안이다. 지금까지의 관례로 볼 때

통상 이럴 경우 대부분 국익을 우선하고 있는 게 현실이다. 국익 앞에선 다른 어떤 명분을 내세우기가 어렵다. 또 그 이면에는 국익 관련 사안에 대해 언론이 갖고 있는 정보가 거의 없기 때문에 막상 쓸려고 해도 쓸 게 별로 없는 사정도 있다. 물론 절대적 의미의 국익 앞에선 기본권의 제한이 가능하다. 예컨대 국가안보와 국방과 직결된 사안이나 국가원수의 신변에 관한 것은 분명 알 권리보다 우위에 있다.

그럴듯하게 포장된 국익

그러나 문제는 지나치게 국익을 내세우는 경우가 종종 있다. 이른바 국익으로 포장된 정권의 이익을 내세워 국민의 알 권리를 제약하려는 정권의 얄팍한 '머리굴리기'가 늘 문제가 된다. 안보 사안과 알 권리가 충돌한 미국의 대표적 사건을 들여다보면 이 쟁점의 윤곽이 보다 선명하게 잡힐 것이다.

1971년에 발생한 이른바 '펜타곤 페이퍼' 사건이다. 이는 국가안보라는 쟁점이 국민의 알 권리라는 명제와 맞물려있는 대표적 사안이다.

당시 뉴욕타임스는 전직 국방성 관리로부터 1급 비밀 '펜타곤 페이퍼'라는 문서를 입수한다. 여기엔 미국의 베트남전 개입 과정이 담겨있었다. 이 신문이 이를 1면에 보도하자 국방부 측은 즉시 기사의 발행을 금지하는 가처분소송을 법원에 낸다. 국방부는 "국가안보에 중대하고 돌이킬 수 없는 손해가 예상 된다"고 주장했다. 이에 맞서 뉴욕타임스는 연방대법원에 가처분 위헌 심판을 청구했다.

보도가 명백히 국가안보에 위험이 되는가

마침내 연방대법원은 뉴욕타임스에 대한 가처분 조치를 수정헌법 제1조에 위배된다고 판결했다. 국가안보 관련 보도를 제한하기 위해선 해당 보도가 국가안보에 '직접적이고, 즉각적이며, 돌이킬 수 없는 피해(direct,imminent and irreparable damage)'를 끼쳤다는 점을 정부가 입증해야 한다는 것이다. 그러나 이 사건에서 정부가 이를 입증하는 데 실패했다고 본 것이다.

결과적으로 국가안보와 알 권리의 문제는 명확하게 언론이 국가안보에 위험이 된다고 인식하는 경우에만 언론의 자유를 제약할 수 있다는 원칙이 수립된다. 이것은 물론 우리 안보현실에도 적용된다. 이는 사실적이고 현실적인 판단으로 존중되어야 한다.

그렇다면 기업의 기밀은 알 권리보다 중요한가

기업의 경우는 국가 안보와는 그 성질이 또 다르다. 그래서 일률적으로 이렇다, 저렇다 얘기하기가 역시 어렵다. 최근의 법원 판결이 하나의 준거가 될 수 있을 것 같다.

이번에 법원은 삼성전자의 작업환경 보고서를 공개

하라는 고용노동부의 결정에 제동을 걸었다. 삼성전자가 공개 결정에 반발해 제기한 소송에서 삼성 측 손을 들어준 것이다. [7]법원은 "반도체 공정에 관련된 매우 세부적인 정보인 부서와 공정명, 단위작업 장소에 대한 일반 국민의 알 권리가 삼성이 경쟁 업체들에 대한 관계에서 보호받아야 할 이익보다 우선한다고 하기 어렵다"고 밝혔다.

수원지법 행정3부(이상훈 부장판사)는 삼성전자가 고용노동부 경기지청장과 평택지청장을 상대로 낸 정보부분공개결정 취소 소송에서 원고 일부 승소 판결을 내렸다. 삼성전자는 국가 핵심 기술과 경영상·영업상 비밀에 해당하는 쟁점 정보를 공개해서는 안 된다며 작년 3월 소송을 냈다. 작업환경 보고서는 사업주가 작업장 내 유해 물질(총 190종)에 대한 노동자의 노출 정도를 측정하고 평가해 그 결과를 기재한 것이다. 사업주는 이 보고서를 6개월마다 지방고용노동관서에 제출한다. 재판부는 작년 3월 경기·평택지청이 공개하기로 한 작업환경 보고서 내용 중 '부서 및 공정' '단위작업장소' 부분은 공개 결정을 취소한다고 밝혔다. 재판부는 "쟁점 정보는 경영상·영업상 비밀로, 공개될 경우 원고의 정당한 이익을 현저히 해칠 우려가 있는 정보로 보는 것이 타당하다"고 밝혔다.

---

7)조선일보,2019.08.23

3.프라이버시권과의 비교우위

프라이버시 앞에서 알 권리가 밀린다

프라이버시권의 구체적 내용에 대해선 제6장에서 상세히 설명하겠지만 여기서는 프라이버시권과 국민의 알 권리가 충돌했을 경우 어느 것이 비교우위에 있는가를 생각해본다. 물론 이것도 정답은 없다. 갈수록 개인의 프라이버시가 중요해지는 추세에 비추어 국민의 알 권리가 다소 양보해야 할 처지에 놓여있다. 다만 개인이라도 그 상대가 이른바 '공인'인 경우에는 상황이 달라진다. 또한 공인의 범위 역시 갈수록 넓어지는 추세에 있다.

그러나 공인은 다르다

따라서 일반인의 프라이버시는 보다 철저히 존중되고 있지만 공인의 프라이버시는 취재보도 영역에서 국민의 알 권리에게 우선순위를 내줄 수밖에 없다. 그만큼 '광의의 공인'에 포함되는 당사자의 프라이버시는 국민의 알 권리 앞에서 유보될 수밖에 없다. 물론이 경우에도 그 사건사고와 직접 관련이 없는 사생활은 프라이버시권 차원에서 보호된다. 이것도 과거보다 더욱 철저히 보호되고 있는 추세에 있다.

전직 유명 앵커의 몰카 사건

 2019년 7월8일 오전 7시쯤 포털에 충격적인 기사 한 건이 올라왔다. 공중파 방송의 전 유명앵커가 지하철역에서 여성 하체를 몰카 촬영했다는 내용이었다. 이 기사는 당연히 급속도로 퍼졌다. 응당 초점은 누구냐였다. 모든 매체는 이 앵커의 프라이버시권 보호 차원에서 익명으로 보도했다. 이미 언론계 정보보고에는 누구인지 다 알려져 있는 상태였다. 중앙언론사의 인터넷 판에서는 입이 근질근질했지만 프라이버시 때문에 이름을 박지 못했다. 그러나 채 한 시간이 지나서 않아서 그 앵커의 신원은 백일하에 드러났다. 우선 SNS에 올라오고 그것이 포털에 깔렸기 때문이다. 그 제서야 보도 매체들은 그 사람이 SBS TV 간판 앵커 출신 김모(56) 논설위원이라고 박아서 기사를 썼다. 김씨가 곧 이어 사표를 제출하고 SBS가 이를 수리한 점, 영등포경찰서가 김씨를 성폭력범죄 처벌특별법(카메라 등 이용 촬영) 위반 혐의로 불구속 입건하고 조사 중이라고 것, 그의 휴대전화에서 몰래 찍은 다른 여성의 사진이 발견됐다는 사실 등은 아무런 제약 없이 전 매체에 아주 자연스럽게 실렸다. 그의 이름은 하루 종일 포털을 뒤덮었다. 그의 프라이버시권은 인터넷 공간에서 불과 한 시간 정도 보호받았을 뿐이다. 프라이버시권과 국민의 알 권리와의 비교우위를 가늠해 볼 수 있는 대표적 사례라고 할 수 있다.

알 권리로 포장된 피의사실 공표는 없어져야한다

기소(재판에 넘김) 전까지 피의사실 공표를 금지한 피의사실 공표죄는 1953년 형법이 만들어질 때부터 있었지만 그동안 사문화돼 있었다. 전직 지검장은 이렇게 말했다. "재판받다 죽는 사람은 없다. 거의 다 수사 받다가 자살한다. 왜 죽겠느냐. 검경이 피의자가 재판받기도 전에 피의사실 공표로 때려서 수사 받는 사람이 살 방법이 없게 만들었다"고 했다. 이처럼 피의사실공표는 어제오늘의 문제가 아니다. 특히 고위 공직자나 대기업임원 등 이목을 끄는 특수 수사를 많이 하는 검찰에서 심했다. 법조계 인사들은 "검찰이 유리한 피의사실을 언론에 '단독 보도' 형식 등으로 흘린다는 건 잘 알려진 얘기"라고 했다. 검찰이 원하는 방향으로 사건을 끌고 가기 위한 수단 중 하나가 피의사실 공표라는 것이다. 한 변호사는 "혐의를 부인하는 피의자를 피의사실 공표 등으로 망신 줘 기를 꺾는 건 검찰의 단골 수법"이라고 했다. 이럴 때 수사기관이 내세우는 명분은 국민의 알 권리를 충족시켜 줘야 한다는 것이다. 그러나 이런 관행은 철저히 금지되어야 한다. 더 이상 방치되어서는 안 된다. 그러나 좀처럼 사라지기 어려운 게 또한 현실이다.

실제로 지난 2008년부터 지난해까지 10년간 접수된 피의사실 공표 사건은 347건이다. 그러나 단 한 건도 기소되지 않았다.

4.토론과제: 한미정상회담 통화내용 유출 파동

2019년 5월 [8]한미정상 간 통화내용 유출 사건이 터졌다. 자유한국당은 '국민 알권리'를 부각하며 공세적 대응에 나섰다. 유출 장본인인 강효상 의원은 "야당의원에 대한 탄압"이라고 주장했다. 나경원 원내대표도 "공익제보의 성격이 강하다"면서 국민은 알 권리가 있다"고 강조했다.

청와대와 외교부는 주미 한국대사관 소속 외교관이 강 의원에게 한미 정상간 통화내용을 무단 열람해 유출한 사실을 파악했다. 외교관 K씨와 강 의원은 고등학교 선후배다. K씨는 한미 정상 통화 내용을 열람한 뒤 카카오톡 보이스톡 통화를 통해 해당 정보를 강 의원에게 전달한 것으로 전해졌다. 이후 강 의원은 그가 건넨 정보를 토대로 국회에서 해당 내용을 공개했다. 문재인 대통령이 트럼프 대통령에게 5월 말 일본 방문 직후 한국에 들러달라고 제안했고 트럼프 대통령은 '귀로에 잠깐 들르는 방식이면 충분할 것 같다'고 말했다는 것이 요지다.

국가정상 간 통화내용은 '3급 기밀'에 해당된다는 것이 정부·여당의 판단이다. 더불어민주당은 "이를 누설

---

8)국민일보,2019.5.23.

하는 건 국익을 해하는 중대한 범죄행위로서 형법상 외교상 기밀누설죄로 처벌된다"고 지적했다. 한편 주 미대사관 참사관 K씨는 변호인을 통해 밝힌 입장문에 서 "강 의원이 이를 정쟁의 도구로 활용하고 '굴욕외 교'로 포장하리라고는 상상하지 못했다"고 주장했다.

제5장. 국익과 정권의 이익

1.한계와 분기점

기사를 쓸 수 있느냐,없느냐

어디까지가 국익이고 어디부터가 정권의 이익인가. 사회의 모든 분야와 마찬가지로 이들 개념의 경계선은 언론에게 무척 중요하다. 왜냐하면 그 한계가 기사를 쓸 수 있느냐,없느냐의 분기점이기 때문이다. 흔히 국익 앞에서는 국민의 알 권리는 한없이 무력해진다. 자연히 언론의 자유도 뒤로 물러서야했다.

국익은 국가기밀과 통한다

우선 국가이익 즉 국익이 과연 무엇인지부터 따져본다. 우선 국익이란 개념은 무척 추상적이다. 한마디로 규정짓기가 어렵다. 예시를 들기도 쉽지 않다. 따라서 이를 보다 구체화할 수 있는 용어들을 쭉 나열한 후 그것들을 다 합쳐서 국익이라는 큰 개념을 형성할 수 있다고 본다. 다시 말해 국가 기밀, 공무원이 알고 있는 직무상 비밀, 국가의 안전 또는 국가 안보와 관련된 군사상·외교상 기밀이 그것이다. 여기에다 제한적 경우이지만 자국의 이익과 관련된 전쟁관련 정보가 포함된다. 이들은 다 모아놓으면 그나마 국익이란 개념이 보다 선명하게 드러난다.

경계선이 어디인가가 관건

 정권의 이익이 자칫 국익으로 둔갑해 보도 통제의
대상이 되는 경우가 종종 있다. 또 정권을 가진 입장
에서 자신에게 골치 아픈 사안이 보도되는 것을 극도
로 꺼리기 때문에 이를 국익이라는 테두리 안에 가둬
놓고 보도가 되지 않도록 묶어 놓는 것이다. 그런 만
큼 권력을 가진 쪽에서보면 국익이라는 명분만큼 편
리하고 유용한 수단이 없다. 국익을 앞세우면 그 어떤
취재 요청도 말끔히 거부할 수 있다. 반대로 그렇기
때문에 언론입장에선 국익의 범위가 아주 제한적으로
적용되길 끊임없이 요구하고 주장해 온 것이다.

천안함 사건과 정보공개 논란

 아직도 그 전모가 드러나지 않은 천안함 사건을 예
로 들어보자. 이 사건과 관련해 당시 참여연대 등은
국민의 알권리 보장을 내세우며 진상 공개를 요구했
다. 여기서 진상 공개는 군의 모든 기밀을 공개하라는
것이 아니라 침몰 이유 등 사건의 경위만을 공개하라
는 것으로 해석된다. 이에 반해 국방부는 참여연대가
국방부에 제출한 정보공개청구서가 국가보안법에 의거
해 받아들일 수 없다며 국익을 내세웠다. 아울러 '섣

부른 정보공개는 자칫 추측성 보도로 이어져 유족 및 국민의 혼란을 가중 시킬 수 있다'고 주장했다. 동시에 "일부 정보 공개를 통해 자칫 북한에게 군사기밀을 넘겨주는 반작용이 생길 수 있다"고 반박했다. 이에 맞서 시민단체들은 "대중매체와 인터넷으로 인한 유언비어의 확산은 거의 대부분 군 당국의 정보공개가 이루어지지 않은 시점에서 발생했다"는 점을 지적했다. 이렇듯 국익과 정권의 이익은 조금이라도 첨예한 사안에서는 어김없이 부딪히게 마련이다.

2.협조요청

검은 거래의 의혹이 있다

국익과 정권의 이익이 맞닿아있는 지점에서 흔히 일어나는 일이 바로 협조요청이다. 청와대나 국정원 또는 국세청 등 이른바 권력기관이 특정 기사의 게재 또는 누락과 관련해 특정 언론사에 특정 사항을 구체적으로 요청하는 것을 말한다. 따라서 공개적으로 기자단이나 언론사를 대상으로 내거는 엠바고와는 성격이 다르다. 차라리 엠바고는 언론의 자유와 상충되지 않는데 반해 협조요청은 은밀하게 이뤄진다는 점에서 고약한 측면이 있다. 또한 정부 고위인사와 언론사 고위 간부 간에 주로 1 대 1로 얘기가 된다는 점에서 '검은 거래'의 소지를 안고 있다. 따라서 언론의 자유에 반하는 성향이 강하다고 할 수 있다.

질적으로 나쁘다

더구나 협조요청은 정권의 이익을 지키기 위해 국익을 내세우는 경우가 허다하다. 정부 고위인사가 언론사 고위 간부에게 어떤 기사를 삭제 또는 축소를 요청하면서 가장 쉽게 내세울 수 있는 명분이 국익이기 때문이다. 이럴 경우 국익은 만병통치약이라고 할 수 있다. 기사를 정권에게 불리하지 않게 써달라고 요청하면서 '대통령의 심기' 또는 '권력 실세인 자신의 정권 내 입지' 등을 운운하는 것은 뭔가 자연스럽지 않기 때문이다. 국익만큼 편한 핑계가 없다.

협조요청인가, 보도통제인가

세월호 참사 당시 청와대 공보수석이던 이정현 의원이 당시 KBS 보도국장에게 전화를 건 사실을 두고 이것의 성격이 과연 무엇인가 하는 논란이 벌어진바 있다. 이를 되돌아보면 협조요청의 실체에 접근할 수 있을 것 같다. 다시 말해 이 전화는 그야말로 보도와 관련해 협조해 달라는 요청인가, 아니면 요청을 가장한 청와대의 보도통제인가 하는 물음이다. 흔히 권력 쪽은 이 같은 협조요청에 대해 '통상적인 업무협조요청'이라고 말한다. 나아가 오보를 바로 잡는 것은 통상적인 업무라고 주장한다. 연장선에서 청와대는 이보다 앞서 KBS측에 '윤창중 전 대변인 성추문 사건'과 '국정원 댓글 사건'의 축소 보도를 요청한 바 있던 것으로 알려졌다. 미디어스 2016년 7월1일자 보도를 옮겨놓았다. 사건의 실체를 십분 이해할 수 있다.

"칼자루를 쥔 사람이 '도와 달라'고 하는 건 협조요청이 아니라 협박이다. 갑이 을의 위치에 있는 사람에게 '도와 달라'는 건 협조라고 할 수 없다."

국회 미래창조과학방송통신위원회 소속 더불어민주당 김성수 의원의 발언이다. 세월호 참사 당시 청와대 이정현 홍보수석이 KBS 보도국장에게 전화를 걸어 보도통제 시도를 한 것에 대해 청와대 이원종 비서실장이 "통상적인 업무수행"이라고 주장하자 반발한 것이다. 더불어민주당은 해당 사건을 '청문회'를 통해 엄중히 다룬다는 계획이다. 9)

　민주당 의원들은 "세월호 참사 직후 청와대가 정권의 안위를 위해 KBS 보도를 통제하려했다는 증거가 담긴 통화 녹취록이 공개됐다"며 "이정현 전 청와대 홍보수석은 KBS 보도국장에게 전화를 걸어 '(대통령이) KBS를 오늘 봤네, 한번만 도와주시오', '다른 걸로 대체를 해주던지 아니면 말만 바꾸면 되니까 한번만 더 녹음해 주시오'라고 압박하는 등 KBS 보도제작과 편성에 노골적으로 개입한 것으로 드러났다"고 강조했다. 이들은 "공영방송을 길들여 정권의 호위무사

---

9)오마이뉴스,2016.07.01

로 만들려는 끊임없는 시도들에 충격을 금할 수 없다"며 "박근혜 정권은 국민의 생명과 안전, 언론의 자유와 국민의 알권리 보다, 대통령의 심기 보전과 정권의 안위가 더 중요했는지 묻지 않을 수 없다"고 지적했다.

3.정권이익과 검열

사전(辭典)적 의미의 검열은 없다

정권의 이익을 앞세워 언론의 자유를 제약하거나 보도를 통제하는 방식 가운데 가장 악질적인 것이 검열이다. 지금은 한국 언론계에서 본래 의미의 검열은 없다. 과거 전두환 정권 시절 보안사의 사전 검열 같은 것은 존재하지 않는다. 이처럼 검열이라는 단어는 존재하지 않지만 내용상 검열에 준하는 또는 검열과 비슷한 형태의 언론 통제가 자행될 가능성은 얼마든지 있다. 따라서 이 부분을 한번 짚고 넘어갈 필요성이 있다. 소위 눈에 보이지 않는 검열이 바로 그것이다.

그래도 어른거리는 검열의 그림자

이럴 경우 권력이 내세우는 명분은 역시 국익이다. 국익을 내세워 보도 내용을 뜯어보고 이에 대한 사후 조치를 요구하는 그런 형태를 띄고 있다. 과거에 사전 검열이 반민주적이라는 혹독한 비난을 받았기 때문에 지금은 자취를 감춰버렸다. 그러나 사전이든 사후든 검열의 그림자는 여전히 언론계 주변을 맴돌고 있다. 어쨌든 표현의 자유에 대한 사전 검열이 사후 규제보다 근본적으로 문제가 있는 것은 분명하다. 그래서 검열은 정부 기관이 특정 출판물이 출판·배포되지 못하도록 하는 행위로 인식되어 왔다. 언론의 자유이론도 사전 검열이 없는 상태라는 명제에서 발전해왔다.

파수견(watchdog)으로 역할하나

권력집단이 국익을 내세워 보도를 통제할 경우 그 피해는 고스란히 국민에게 미친다. 그런 의미에서 언론의 자유 보장에 관한 여러 시각이 있다. 그 중에서 미국의 헌법학자 빈센트 블라시(Vincent Blasi)의 '감시 가치(checking value)'는 설득력이 있다. 그는 정부의 권력 남용을 가장 심각한 악이라고 전제했다. 그런데 이를 감시할 수 있는 조직이 바로 언론이라고 지적한다. 블라시의 감시 가치는 언론이 권력 남용에 대해 마땅히 파수견(watchdog) 역할을 해야 하고, 또 그렇게 할 수 있다는 근거를 제공한다.

4.토론과제: 닉슨대통령 사임과 워터게이트 사건

팩트를 향한 치열한 기록

워터게이트 사건은 한마디로 진실 즉 fact(팩트)를 향한 치열한 3년간의 취재 기록이라고 할 수 있다. 미국 워싱턴포스트 사회부 밥 우드워드 기자는 입사 9개월의 신참이고, 정치부 칼 번스타인 기자는 5년차. 그들이 남긴 취재수첩만도 250권에 달한다. 우드워드는 1943년생으로 아직도 왕성한 활동을 하고 있다. 2018년 9월 저서 '공포 : 백악관의 트럼프(Fear: Trump in the White House)'라는 책을 내놓아 대히트를 쳤다. 워터게이트 특종으로 1973년 퓰리처상을 받은 이후 2003년에도 한 번 더 받았다. 우드워드는 누구도 그의 인터뷰 요청을 쉽게 거부하지 못하는 막강한 영향력을 갖게 되었다. 닉슨 이후의 대통령들은 재임 중 한 번씩은 그와 단독 인터뷰를 하는 게 관례가 될 정도였다. 지금까지 19권의 책을 펴냈다.

야당 당사에 도청장치 설치

사건 개요는 이렇다. 1972년 6월17일 토요일 새벽에 카메라와 도청장치를 지닌 남자 5명이 워싱턴 포토맥 강변의 워터게이트 빌딩에 있는 민주당 전국위원회 본부에 불법 침입해 현행범으로 체포된다. 당초 단순한 주택침입절도죄처럼 보였던 이 사건을 파헤쳐 백악관 비서실장, 백악관 고문, 법무장관 등 40여명이 구속됐다. 범인 가운데 제임스 매코드의 압수된 수첩에는 '하워드 헌트'라는 이름과 'WH'라는 암호가 등장하는데 결국 헌트는 백악관 직원으로 드러난다.

이 과정에서 우드워드는 언론 역사상 가장 유명한 또 오늘날 우드워드를 있게 한 가장 결정적인 뉴스소스인 이른바 Deep Throat를 보호하기위해 필사의 노력을 기울인다. 이 사건은 결과적으로 공화당의 공작으로 밝혀져 결국 1974년 8월8일 닉슨 대통령은 사임한다. 탄핵 직전까지 몰리게 되자 결국 의회의 탄핵이 가결되기 전에 자진 사퇴한 것이다. 물론 그 사이 닉슨은 재선에 성공했다.

우드워드의 일갈

밥 우드워드(Bob Woodward.76) 워싱턴포스트 부편집인은 2019년 9월 26일 서울 신라호텔에서 세계지식포럼과 한국언론재단이 공동 주최한 '4차 산업혁명과 허위조작정보(가짜 뉴스)로 인한 저널리즘의 위기' 세션에서 "지금도 아침에 일어나면 제인 먼저 '이놈들(권력자)이 뭘 숨기고 있을까'를 생각한다"면서 "권력을 가진 사람들이 책임지고 투명하게 행동하도록 하는 게 언론의 역할"이라고 말했다.

그는 "대통령은 막강한 권력을 가졌다"면서 "민주주의가 완벽하진 않지만 언론이 적극적이고 탄탄한 취재 활동을 통해 좋은 기사를 쏟아낸다면 민주주의 시스템이 작동하는 것"이라고 밝혔다. 우드워드는 "언론은 진실한 기사를 써내는 수밖에 없고, 훌륭한 보도를 해낸다면 결국 독자들이 알아줄 것"이라고 말했다.

그는 이어 "매일 아침마다 뉴스 흐름에 따라 이번 주에 만나야할 톱10 취재원이 누구인지, 그 주변 사람들이 누구인지, 만나서 어떻게 취재원의 입을 열 것인지를 생각한다."고 말했다. 또한 "페이크 뉴스(가짜 뉴스)는 마케팅의 천재인 트럼프 대통령이 만들어낸 말이며 언론의 신뢰성에 흠집을 내기 위해 지어낸 표현"이라면서 "가짜 뉴스란 표현은 트럼프의 손에 놀아나는 꼴이기에 폐기했으면 좋겠다"고 지적했다.

편집국장 브래들리와 발행인 그레이엄

이들 두 기자 외에도 당시 워싱턴 포스트 편집국장이었던 벤자민 브래들리(1921-2014)와 사주(발행인)였던 캐서린 그레이엄도 큰 역할을 했다. 브래들리는 자칫 위험할 수도 있는 사건 기사를 냉철하게 실었고 그레이엄은 워싱턴 포스트의 붕괴를 각오하고 두 기자를 보호하며 외풍에 맞섰다. 브래들리는 26년 동안 WP 편집인으로 있으면서 퓰리처상을 18회나 수상했다. 그의 부음기사에는 '사실의 힘과 가치를 되살린 인물' '대통령을 물러나게 한 남자' '미국 역사를 다시 쓰게 한 신문인'라는 제목이 달렸다. 2018년 2월 스티븐 스필버그 감독의 영화 '더 포스트'는 브래들리국장(톰 행크스분)와 그레이엄 여사(매릴 스트립분)가 언론의 자유를 지키기 위해 불굴의 의지를 끝까지 불태웠던 사실을 잘 그려냈다.

제6장. 프라이버시권

1.내용과 한계

침해 유형

프라이버시권이란 무슨 권리를 말하는가. 헌법상 표현이 가장 잘 와 닿는다. 사생활의 비밀과 자유가 바로 그것이다. 영미법상 프라이버시권(right of privacy)은 4가지 유형을 불법으로 본다.

1)개인 사생활이나 평온을 침해하는 것

2)난처한 사적 사실을 공개하는 것

3)개인에게 부당한 대중적 주목을 받게 하는 것

4)개인의 이름이나 유사성을 타인이 자신의 이익을 위해 사용하는 것

우리는 관련법과 판례를 볼 때 침해 유형은 4가지로 [10]구분된다.

①사적 공간 및 생활의 침범

②사적 사실의 무단 공표

③공중에 오인시킬 공표

---

10) 김옥조,2005,미디어법,462쪽

④자신의 동일성의 상징을 상업적으로 이용하는 것
등이다.

퍼블리시티권(right of publicity)

이는 적극적으로 자신의 이름이나 유사성을 대외적
으로 판매할 수 있는 권리를 보호하는 것이다. 따라서
개인의 승낙 없이 개인의 사진이나 이름, 경력을 외부
에 사용한 경우 프라이버시권 침해에 해당한다. 이런
권리를 좀 더 적극적으로 해석해 초상, 이름, 목소리
등의 사용을 독점하는 권리를 보호해야 한다는 관점
을 퍼블리시티권이고 부른다. 이는 결론적으로 광의의
프라이버시권에 속한다.

이름, 얼굴, 사생활 내용 정도가 관건

프라이버시권의 구체적인 내용은 무엇인가. 언론계
취재보도 관행이나 법원의 판례 등을 종합적으로 정
리하면 대체로 세 가지로 요약된다. 이름, 얼굴 그리
고 외부에 공개된 사생활의 내용이 어느 정도인가, 즉
사생활 공개의 정도가 그것이다.

우선 이름은 실명이냐, 익명이냐의 문제가 걸려있다.
익명을 원칙으로 하지만 범죄 사안이 중대해 국민이
그 피의자가 누구인지 알아야 할 경우 수사기관은 이
름과 나이를 공개한다. 얼굴 문제도 마찬가지다. 국민

이 그가 어떻게 생겼는지를 알아야 할 경우 수사기관은 얼굴 사진을 공개한다. 이때 이는 프라이버시권을 침해한 것으로 볼 수 없다는 게 정설이다. 이 얼굴 문제는 초상권 보호 및 침해와도 직결된다. 특히 연예인이 연루된 사안에서 종종 논란이 된다. 사생활 공개의 정도는 범죄행위나 스캔들의 내용이 어느 정도까지 공개됐으며, 그 공개 수위가 프라이버시권의 범위 안에 든다. 아니면 그 범위를 벗어난다의 판단 문제가 남는다. 법원 판례는 양측의 사정을 종합적으로 고려한 이익형량의 개념을 하나의 잣대로 지적한다.

2.표현의 자유와 공존

공존의 예절도 중요

언론의 자유에서 가장 핵심적인 개념인 표현의 자유를 존중하고 그를 향유하지만 그 속에는 엄연히 한계가 있다. 다시 말해 나는 남을 신랄하게 풍자하지만 그것이 당사자에게는 모욕이 될 경우가 있다. 또 불쾌함을 느끼고 때론 고통을 받는다. 따라서 이는 마땅히 자제 되어야 한다. 이것이 바로 표현의 자유의 한계인 것이다. 이는 사회 구성원 모두가 표현의 자유아래 공존하는 것이 가장 중요하기 때문이다. 물론 형법은 명예훼손과는 별도로 모욕죄도 처벌하고 있다. 사회상규상 모욕보다는 공존의 예절이라는 표현을 사용하는 것이 맞을 듯하다.

 11)문명사회에서 표현의 자유는 때로 공존의 예절과 충돌한다. 그런데 이 충돌을 해결하는 방식에 따라 한 사회의 품격이 드러난다. 어떤 표현물로 인해 정신적 고통과 불쾌감이 극도에 달했다고 하더라도 이를 폭력으로 응징하는 것은 정당화되지 않는다. 다만 이런 고통과 불쾌감을 근거로 국가가 개입할 수는 있다. 다만 여기에는 엄격한 제한이 뒤따른다.

초상권과 얼굴 사진

 공존의 개념에 기초해 몇 가지 더 짚어볼 개념이 있다. 그중 가장 빈번하게 논란이 되는 것이 초상권 침해 여부다. 판례에서 말하는 초상권은 촬영·작성 거절권, 공표 거절권, 초상 영리권을 말한다. 뉴스의 대상이 된 연예인과 유명인사의 얼굴 사진이 어느 선에서 보도될 수 있느냐하는 문제이다. 얼굴 사진이 다 나갈 수 있다, 또는 아예 못 나간다 아니면 사진을 모자이크 처리해야한다는 것이 그것이다. 법적으로 12)초상권을 침해한 것으로 보는 경우는 1)초상 본인의 동의를 받지 않고 촬영, 게재, 방영한 경우 2)입수한 사진을 본인 동의 없이 사용한 경우 3)타 매체에 게재된 초상 사진을 무단 전제한 경우 4)초상이 실린 매체의 동의

---

11) 이준웅,2015,신문과 방송 No.531,84쪽
12) 김옥조,2005,미디어법,500쪽

는 받았으나 초상 본인의 승낙 없이 사용한 경우 5)초상 본인의 동의는 받았으나 그 동의의 범위를 넘어 사용한 경우 등 크게 5가지를 들 수 있다.

포토라인과 수사준칙

　초상권 보호와 국민의 알 권리를 적절히 조절한 것이 이른바 포토라인이다. 사회적 이목이 집중된 사건 사고가 있을 때 피의자든 참고인이든 수사기관에 출두하게 되고 이럴 때 그 사람의 얼굴을 공개할 것인지가 최대 관심사로 떠오른다. 이런 경우 얼굴을 외부에 드러내도 무방한 당사자는 포토라인에 세워 사진기자들의 촬영을 허용하는 일종의 편의적 제도인 셈이다. 법무부 훈령 774호 '인권보호를 위한 수사 공보준칙'에 들어 있다. 준칙 22조는 원칙적으로 사건 관계인 소환 때 촬영을 금지하되 23조에 예외조항을 두었다.

　차관급 이상 공무원,국회의원,지방자치단체장,교육감, 치안감이상 경찰공무원, 지방국세청장급이상 국세청 공무원, 비서관급 이상 대통령실 공무원, 시중은행장, 자산총액 1조원이상 기업 대표 등은 피의자 신분으로 소환될 때 촬영이 가능토록 되어있다. 물론 이것은 예시에 불과하다. 상황에 따라 얼마든지 변할 수 있다.

검찰, 피의자 공개소환 전면 폐지

조국 법무부장관과 가족에 대한 검찰 수사가 한창 진행 중이던 2019년 10월 초순 검찰은 전격적으로 범죄 피의자의 인권 문제 논란이 일었던 '피의자 공개소환'을 전면 폐지하기로 했다. 문재인 대통령이 지시한 검찰개혁 방안의 일환이다. 연합뉴스 10월 4일 보도를 인용한다.

대검찰청은 보도자료를 통해 "윤석열 검찰총장은 사건관계인에 대한 '공개소환'을 전면 폐지하고, 수사 과정에서 이를 엄격히 준수할 것을 전국 검찰청에 지시했다"고 밝혔다. 수사 중인 사건의 피의자나 참고인을 조사하기 위해 검찰에 소환하면서 구체적인 출석 일자를 미리 알려 언론에 노출될 수 있도록 한 기존 수사 관행을 없애겠다는 취지다. 이에 따라 검찰은 앞으로 사전에 소환 대상자와 소환 일시를 모두 외부에 공개하지 않는다.

대검은 보도자료에서 "수사공보 방식과 언론 취재 실태 등을 점검해 사건 관계인의 인권을 보장함과 동시에 검찰수사에 대한 언론의 감시·견제 역할과 국민의 알 권리를 조화롭게 보장할 수 있는 개선방안을 마련하고 있다"고 설명했다.

포토라인 과연 사라지나…끊이지 않는 논란

검찰의 이번 결정으로 대형 비리 사건에서 주요 인

물이 포토라인에 서는 모습은 이제 역사 속으로 사라지게 됐다. 2019년 10월 5일자 국민일보에 따르면, 과거 노무현·박근혜·이명박 전대통령과 양승태 전대법원장, 이재용 삼성전자 부회장 등이 검찰에 소환되면서 포토라인에 섰지만 앞으로는 이런 장면을 보기 어렵게 된다. 1993년 정주영 당시 현대그룹 회장이 언론사 카메라에 다친 이후 정착된 포토라인 관행이 26년 만에 사라진다고 한다.

이것이 비록 피의자 인권 보호 차원의 결정이지만 국민의 알 권리를 침해한다는 반대 의견이 만만치 않다. 그동안 여러 이견 가운데서도 공개소환과 포토라인 관행이 유지된 것은 주요 사건에 관한 국민의 알 권리 보장과 함께 검찰과 경찰의 밀실 수사를 방지하는 차원이었다. 공개소환 관행이 폐지되면 수사의 투명성과 공정성에 관한 의문이 커질 수 있다. 검찰은 이번에 이 문제를 언론 단체와 협의 없이 독자적으로 결정했다. 포토라인 문제는 상당히 가변적인 사안이기 때문에 언제 다시 쟁점으로 불거질지 모른다. 검찰이 없앤다고 해서 바로 없앨 수 있는 사안이 아니다.

다양하게 망라된 인격권

또 하나 공존의 예절과 관련해 고찰해 볼 분야가 소위 인격권이다. 이 권리는 어느 것 하나만을 말하는 것이 아니다. 명예, 초상권, 사생활, 음성권, 성명권

등 사람과 관련된 인격을 존중하는 모든 것이 다양하게 망라 되어있다. 아직까지 법리상 완비된 개념은 아니지만 프라이버시권과 관련해 검토해 볼 필요가 있다. 따라서 여기서는 단순히 법 이론을 소개하는 것보다 특정 사건에 투영된 인격권의 실체를 들여다봄으로써 보다 명확하게 개념을 이해할 필요가 있다고 본다.

공익과는 먼 발표 저널리즘

신문과 방송 2014년 9월호에 실린 '세월호사건 보도분석 종합-공익·인격권 관점에서 본 세월호사건 보도의 문제'를 부분적으로 인용하면서 설명한다. [13]

우선 이번 보도 과정에서 많은 문제점이 노출됐는데 그 중 심각한 것은 감성적·선정적·자극적 보도가 지나치게 많았다는 점과 이른바 발표 저널리즘이 극성을 부린 대목이다. 전자는 단일 사건으로 꽤 오랜 기간 수많은 매체가 극도의 경쟁을 하다 보니 보도 방향이 자연 그런 쪽으로 흘러간 것으로 보인다. 후자는 많은 학자들이 지적한 문제점이다. 언론이 정부 당국의 발표를 신중하게 재검토하지 않고 곧이곧대로 보도함으로써 결과적으로 왜곡된 정보를 전달했다는 것이다. 김경환 교수(상지대 언론광고학부)는 "보도량만 많았

---

13) 양재규,2014,신문과 방송 No.525,90쪽

지 실은 거의 같은 내용의 반복이거나 중복에 불과했고, 차별화 된 보도가 드물었다"고 지적했다.

인격권 시각에서 본 세월호 보도

세월호 사건에서 공익과 사익 중 우월한 쪽을 가늠하기 힘든 대표적 경우는 실종자 가족이나 유족, 피해자의 사생활 관련 보도일 것이다. 이런 보도에서 이들을 최대한 배려하지 않았다는 지적이다. 나아가 이것은 보도 윤리의 문제를 넘어 인격권 존중이라는 법적 의무에 관한 사항이다. 엄청난 재난 앞에서 언론이 개개인의 인격을 100% 존중할 여유가 없다고 하더라도 최대한 그들의 인격권을 지켜주는 취재 풍토 조성이 시급하다. 이것은 또한 우리 사회의 민주주의 발전 정도를 가늠하는 하나의 척도일 수 있다.

3.명예훼손과 공인

취재보도와 명예훼손

프라이버시권과 관련된 취재보도과정에서 명예훼손 문제는 늘 실과 바늘처럼 따라다닌다. 그야말로 합법과 불법의 경계선을 넘나드는 곡예를 하기 일쑤다. 그만큼 명예훼손 문제는 일선 기자들에게 상당한 심리적 압박감을 준다. 거액의 소송과 같이 직접적인 압박이 오는가 하면 다양한 경로를 통해 회유·설득 내지 압력이 들어온다. 이런 명예훼손의 가능성을 가급적 줄이기 위해 우회적 표현법을 사용하기도 한다. "~로 알려졌다" "~라고 전해졌다" 또는 "검찰에 따르면~" 등의 서술 형식이 그것이다. 또한 편집부에서 제목을 지나치게 단정적으로 달지 않는 것도 하나의 자구책이다.

공인의 기준

이처럼 예민한 명예훼손 문제는 그 당사자가 이른바 '공인'(공적 인물=public figure)인 경우에는 그 해석이 상당히 탄력적이다. 물론 이 공인 개념은 역사적으로 공직자(public official)에서 출발해 이른바 유명인사로 그 범위가 넓어졌다. 공인은 일반인보다 프라이버시권 보호 조건에서 더 엄격하다. 다시 말해 웬만한 사적 정보가 외부에 공개되는 것은 공인이기 때문에 감내해야한다는 것이다. 이는 역으로 볼 때 취재기자가 당사자의 명예를 훼손할 가능성이 그만큼 줄어든다. 그렇다고 당사자가 공인이라고 아무렇게나 막 쓰라는 얘기는 더더욱 아니다.

법원은 공인에 대한 보도에 대해 "현저히 상당성을 잃은 경우가 아니라면 위법성이 조각된다"며 언론사의 손을 들어주고 있다. 그 결과 공인 보도에서 언론의 자유는 더욱 확대됐다. 그러나 공인 보도일지라도 일상적으로 허용되는 범위를 넘어서는 명백한 허위 사실일 경우 곧바로 명예훼손이 될 수 있다.

여기서 문제가 되는 것은 과연 공인이 누구냐는 것이다. 공식적인 기준은 당연히 없다. 그러다보니 유명인사는 다 공인이냐. 또 연예인은 모두 공인이냐. 그렇다면 유명인사와 연예인의 범위는 어디까지로 봐야하느냐 등등 그 범위와 기준을 놓고 갑론을박이 적지 않다.

법원의 판단

그렇기 때문에 법원의 판단은 유용하다. 법원은 공인이란 "재능, 명성, 생활양식 때문에, 또는 일반인이 그 행위, 인격에 관하여 관심을 가지는 직업 때문에 공적 인사가 된 사람"이라고 규정한다. 또 "공직자, 정치인, 운동선수, 연예인 등 자의로 명사가 된 사람뿐만 아니라 범인과 그 가족 및 피의자 등 타의로 유명인이 된 사람"도 공인이라고 판단했다. 14) 따라서 공직자와 정치인뿐만 아니라 자의든 타의든 유명인이 되어 사회적 영향력을 행사할 수 있는 인물도 공인으로 봐야한다. 법원은 실제 사건에서 대통령, 국회의원, TV 탤런트, 사립학교 비리가지속적으로 문제가 된 학교법인의 이사장, 언론사의 전·현직 임원, 현직 대통령의 친조카, 방송사 뉴스 앵커, 대기업 회장 등

---

14) 박아란,2018,신문과 방송 No.566,82-85쪽

을 공인으로 판단했다. 공인의 사생활 영역에 대해 헌법재판소는 '공직자의 자질·도덕성·청렴성에 관한 사실'은 그 내용이 공직자의 공무 집행과 직접 연관이 없는 개인적인 사생활에 관한 것이라도 '순수한 사생활 영역'이 아니라고 보았다.[15] 반면 공인의 사생활 중 '내밀 영역' 부분에 대해서 법원은 인격권 보호를 강조하고 있다. 실제로 유명 앵커우먼이 언론을 상대로 제기한 소송에서 법원은 "공인이라 하더라도 포기할 수 없는 사생활 영역이 있다"고 지적했다.

명예훼손에 대한 구제방안

당사자에게 명예훼손이 발생했다고 판단됐을 때 피해자는 어떤 법적 행동을 취할 수 있는가하는 문제가 당면 현안으로 제기된다. 현행법은 여러 가지 구제 절차와 방안을 마련해 놓고 있다. 형사상 명예훼손행위는 1)공연히(公然性) 2)사실을 적시하여 3)명예를 훼손하는 행위를 말한다. 다만 민사상 명예훼손에는 1)번의 공연성을 요하지 않는다.

우선 언론중재위원회에 해당 언론사 및 기자를 상대로 반론보도, 정정보도 및 손해배상을 청구할 수 있다. 관련 판례를 보면 "모 언론사는 일부 보도내용이 사실과 다름에도 정정보도를 소홀히 했다. 언론이 권위의식을 버리고 진실보도라는 임무에 충실할 때 '책

---

15) 헌법재판소 2013.12.26.선고 2009헌마747 결정

임 없는 제4의 권력'이라는 비판에서 벗어날 수 있다"
고 일침을 가했다.

 이어서 수사기관에 형사상 고소·고발을 제기할 수 있
으며 동시에 법원에 민사상 손배소를 청구할 수 있다.
여기서 문제는 이렇게 할 경우 과연 명예훼손을 인정
받을 수 있느냐로 귀결된다. 프라이버시권이 우선이
냐, 알 권리가 우선이냐의 판단은 여기서 다시 한번
도마에 오르게 된다.

4.토론과제: 박근혜 대통령 명예훼손 보도와 판결

구형은 징역 1년6개월 그러나 무죄
 일본 산케이(産經)신문 서울특파원인 가토 다쓰야 서
울지국장은 2014년 8월 3일 '박근혜 대통령 여객선
침몰 당일 행방불명…누구와 만났을까'라는 제목의 칼
럼 기사에서 세월호 참사 당일 박근혜 당시 대통령이
보좌관이었던 정윤회씨와 함께 있었던 게 아니냐는
의혹을 제기하면서 두 사람이 긴밀한 남녀관계인 것
처럼 표현했다. 그는 대통령에 대한 명예훼손 혐의로
한국 검찰에 의해 불구속 기소됐다. 구형량은 징역 1
년6개월이었다. 당시 일본 정부는 공식 논평을 통해
"국제사회의 상식에서 크게 벗어난 일로 보도의 자유
와 한일관계의 관점에서 매우 유감"이라고 말했다.

서울중앙지법 형사합의30부(부장판사 이동근)는 정보통신망법상 명예훼손 혐의로 기소된 가토 전 지국장에 대해 무죄를 선고했다. 재판부는 "세월호 침몰 당일 박 대통령이 정윤회씨와 함께 있었다는 소문을 제대로 확인 없이 보도했고 소문 내용이 허위임을 미필적으로나마 인식한 것으로 보인다"고 지적했다. 재판부는 그러나 "세월호 침몰이라는 중대한 상황에서 대통령 행적은 공적인 관심사안"이라며 "대통령의 행적과 관련, 확인되지 않은 긴밀한 남녀관계에 대한 소문이라도 언론 자유가 폭넓게 인정돼야 한다"고 무죄를 선고했다. 재판이 열린 311호 중법정 방청석의 절반은 외신기자들로 채워졌다. 오후 2시께 시작한 재판은 일본어 통역과 함께 진행됐고 3시간 후인 오후 5시께야 끝났다.

제7장. 언론기업과 광고수입

1.수익성과 공익성

속 빈 강정

 매스컴 기업 또는 언론 기업은 기본적으로 공익 또는 공익성을 추구한다. 언론 기업의 존재 가치는 언론의 자유를 지키는 것이다. 이를 통해 국민의 알 권리를 충족시켜야하는 책무를 안고 있다. 그러다보니 전면에 공익성을 내세우게 된다. 또 사회 어느 구성원도 이를 부인하지 못한다. 그러나 여기서 한꺼풀 더 들어가 보면 언론 기업은 본질적으로 기업의 속성을 띠고 있다. 돈을 벌어야 살아 갈수 있는 기업임이 분명하다. 언론사는 봉사기관도 아니고, 자선단체도 아니다. 그런만큼 기업으로서 수익을 올려야 살아간다. 밖으로 공익성을 거창하게 내걸기 때문에 겉으론 화려해 보일지는 모르지만 그 이면에는 비정한 기업계의 처절한 결과물인 수익성이 웅크리고 있다.

체면차리다간 돈 못번다

 이런 점 때문에 언론 기업은 다른 일반 기업보다 더 큰 어려움에 직면하게 된다. 일반 사기업처럼 처음부터 돈 버는 것을 최상 과제로 여기고 덤벼들면 거긴

그렇구나라고 여긴다. 그런데 공익을 추구한다는 언론
사가 하나부터 열까지 돈, 돈하면 체면이 말이 아니지
않은가. 그래서 점잖게 나섰다간 누가 10원 한 장 주
지 않는 게 현실이다. 정신을 바짝 차리고 나서지 않
을 수 없다. 지금은 모든 언론사가 그야말로 물불을
안가리고 돈 버는 데 치중하고 있다. 일부 언론사는
악랄한 방법까지 서슴지 않는다. 막말로 '뭐가 밥 먹
여주냐'는 식으로 덤벼들고 있다. 이것이 수익성과 공
익성을 함께 추구해야하는 언론 기업의 속성이자, 현
실인 것이다.

공익 해석 정확히 해야
 여기서 수익성은 쉽게 얘기하면 이익을 남기는 문제
이기 때문에 접근이 비교적 용이하다. 그렇지만 공익
성은 그 개념을 정확히 해석해야한다. 자의적 판단은
위험하고 오남용은 경계해야한다.[16]
 오늘날 공익은 논증의 대상이 되었다. 언론은 보도를
통해 달성하고자 한 공익이 무엇인지를 합리적으로
설명해야 한다. '언론이 하면 당연히 공익'이라는 주장
이 더 이상 통하지 않는 시절이 되었다. 공익성의 결
여는 그 자체로 언론에게 심각한 위기가 될 수 있다.
공익성 부족은 곧 법적 책임으로 직결된다.

---

16)양재규,2014,신문과 방송 No.519,90쪽

경제권력의 공익성 훼손 우려

 공익성과 관련해 한 가지 짚고 넘어가야할 대목이
공익성이 강한 뉴스 매체가 경제 권력에 의해 장악될
때 어떤 문제가 발생하는지에 대한 고찰이다. 일반적
으로 얘기해서 경제 권력에서 나오는 새로운 형태의
통제에는 약한 실정이다. 미국만 하더라도 소수의 거
대 미디어 그룹이 언론시장 전체를 장악하고 있다. 이
들은 이윤추구에 혈안이 되어있다. 그런만큼 공익성
내지 공공성은 그 근간이 흔들리고 있다. 더 나아가
언론 관련 각종 규제가 약화됨에 따라 미국 언론의
소유 집중화가 가속화됐다. 이는 그대로 언론의 공익
성을 해치고 있다. 이는 역으로 국민의 알권리가 위축
되는 것이다.

2.재벌의 입김

광고를 통한 압박

 일반론적으로 말하면 언론이 경제 권력의 영향력에
종속되면, 그때부터 언론은 언론의 역할을 제대로 수
행할 수 없게 된다. 나아가 자본을 앞세운 소수의 거
대 경제 권력이 언론시장을 주무르게 되면 특정 집단
이 여론을 독과점하는 부작용을 낳게 된다. 이는 당연

히 언론의 공익성을 심각하게 훼손한다. 경제 권력이 언론에 압력을 가하는 가장 보편적인 방법은 언론사 운영에 영향을 주는 광고 중단이다. 이는 사실상 언론의 정당한 취재보도에 대한 노골적인 압박인 것이다.

열악한 국내 광고시장

우리의 상황은 이런 일반론보다 더 심각하다. 우선 국내 광고시장 자체가 점점 좁아지고 있다. 매체가 무분별하게 늘고 있으나 광고시장은 되레 줄어들고 있다. 더구나 종편 채널이 4개씩이나 한꺼번에 생기는 바람에 광고시장 질서가 엉망이 되고 말았다. 여기에 경기가 갈수록 침체국면에 빠지다보니 광고시장은 더욱 좁아지고 있다. 그러다보니 언론사의 경영 실적은 갈수록 악화되고 있다. 이를 조금이라도 개선해 보려고 하니 광고수주 경쟁은 그야말로 이전투구 양상을 보이고 있다. 더구나 언론사 전체 수익 중에서 광고 수익이 차지하는 비중이 점점 커지고 있어 이런 현상을 더욱 부채질하고 있다. 특히 신문사 수익은 판매수익과 광고 수익으로 이뤄져 있는데, 광고수입의 비중이 80%이상을 점하고 있어 문제가 더 심각하다.

이는 언론계 입장에서 설명한 것이고, 광고주 입장에서 보면 그만큼 광고주의 목소리가 커지고 있다는 반증이다. 광고주가 힘이 있다는 얘기다. 애당초 광고주는 광고 측면에선 갑의 위치에 있지만 그 위치가 더욱 세졌다고 할 수 있다. 언론사와 대기업은 기사 측면에선 언론사가 갑이지만 광고에선 대기업이 갑이다.

4대 재벌의 힘

이런 상황에서 총광고비 집행액이 재계 전체의 80% 정도를 차지하는 4대 그룹 즉 삼성, 현대차, SK, LG 그룹의 영향력은 갈수록 막강해지고 있다. 현실적으로 국내 기업 중 광고를 할 필요성이 있는 회사가 줄잡아 100여군데 밖에 안 된다. 그 중에서 휴대폰,TV,냉장고, 자동차, 통신 등은 모두 이들 4대 그룹이 잡고 있다. 그러니 이들의 광고가 시장 전체를 거의 장악하고 있는 셈이다. 이 중에서도 삼성그룹의 입김은 가히 언론사의 밥줄을 쥐고 있다고 해도 과언이 아니다. 다시 말해 이들의 광고비 지출이 언론사 수익의 절대적 비율을 차지하고 있는 것이다.

그러다보니 재벌 그룹이 광고를 무기삼아 관련 기사 죽이기를 시도하는 등 취재보도에 직간접인 영향력을 행사하는 게 지금의 언론계 현실이다. 단순하게 말해서 자사에 유리한 보도를 하는 언론사에게는 광고량을 늘려 경제적 이익을 보장해 주는 '당근' 전략을 구사한다. 동시에 자사에 불리한 보도를 하는 언론사에게는 광고량을 줄이거나 중단해 경제적 타격을 입히는 '채찍' 전략을 사용한다. 이를 통해 언론에 막강한 입김을 불어넣고 있다. 지금은 삼성전자가 대신하고 있지만 과거에 삼성그룹 미래전략실이 갖고 있던 그룹 전체의 광고비 집행권은 그야말로 언론사에 대한 생사여탈권과도 같은 것이었다. 거기서 소위 광고 '큰 것' 하나만 가져와도 특정 언론사의 그 달 광고 수지가 적자에서 흑자로 역전되는 웃지 못할 상황마저 벌어진다.

기사형 광고는 왜 문제인가

지금까지의 얘기는 광고 자체에 대한 재벌의 입김에 관한 것이었다면 소위 기사형 광고 또는 기사로 위장된 광고도 재벌의 변형된 입김으로 볼 수 있다. 애드버토리얼(advertorial)로 불리는 이런 형태의 광고는 한마디로 기사 형식을 띄는 광고지만 일단 독자를 기만하는 성격을 갖고 있다. 전통적으로 광고는 기사에 비해 소비자의 신뢰를 덜 받아왔기 때문에 기사형 광고는 기사 형식을 빌려옴으로써 더 많은 신뢰와 광고 효과를 얻을 것이라는 기대를 갖고 있다. 아울러 이는 윤리적으로 문제가 된다. 법으로도 허용되지 않는다. 그러나 이를 위반한다고 해도 처벌 규정이 없다는 문제가 있다. 독자들은 대체로 부정적으로 보고 있다. 언론사 입장에서 보면 지금은 경영 사정이 어려워 그냥저냥 넘어가고 있지만 장기적으로 볼 때 해당 언론사에 결코 득이 되지 않는 방식이다. 다시 말해 기자 윤리뿐 아니라 자본의 논리에 함몰된 언론 산업 구조 그리고 샐러리맨화된 언론인의 단면을 드러내 보이는 것이다. 시간이 지나면 매체의 공신력을 상실하는 요인으로 작용한다. 결과적으로 재벌의 위력 앞에서 기존의 굴종을 변형시킨 것이 아니냐는 지적이 나온다.

3.함수관계

삼성그룹 광고가 핵심
 기업으로서 언론사와 재벌그룹과의 함수관계를 논하는 여기서는 재벌의 범위를 좁히려고 한다. 그래서 국내 최대 재벌인 삼성그룹만을 다루는 게 좋을 듯하다. 왜냐하면 여기 함수관계에서 변수로 등장하는 핵심 요인은 바로 광고문제, 즉 광고주로서 광고비를 지출하는 문제이기 때문이다. 언론계에서 가장 이슈가 되고, 따라서 논란의 중심에 있는 것이 재벌그룹 삼성의 광고비 지출이라는 점은 의문의 여지가 없다. 우선 액수가 가장 크다. 또 재벌가의 오너 리스크(owner risk) 측면에서 볼 때 삼성가가 뉴스거리가 많다. 그만큼 홍보파트가 언론사와 접촉하는 면적도 넓고 빈도도 많다.

내면화된 굴종과 흔들리는 언론
 그런데 문제는 언론사와 삼성의 관계가 엄청나게 기울어져 있다는 현실이다. 삼성의 광고 없이는 언론사가 제대로 돌아가지 않기 때문이다. 소위 유전무죄의 초법적인 거대자본 권력은 현재도 진행형이라는 다소

거친 표현이 어울리는 게 지금의 실정이다. 삼성의 협조요청을 무시하고 독한 마음을 먹고 기사를 내보내면 언제든지 그 언론사는 혹독한 대가를 치른다는 무서운 장면이 곳곳에서 벌어지고 있다. 그러다보니 삼성의 거대 권력 앞에선 언론의 내면화된 굴종이 은연중에 잠재되어있는 것이 아니냐는 비판이 자연스럽게 제기된다. 이런 불균형적인 현실 속에서 언론이 과연 본연의 역할과 기능을 얼마나 할 수 있는가하는 자책이 그것이다. 더 나아가 언론은 이미 저항할 힘을 잃어가고 있다는 자괴감이 커지고 있는 것도 사실이다.

4.토론과제: 김용철 변호사 저서 '삼성을 생각한다'

언론 길들이기 대표 사례
이 책은 삼성그룹이 사회 지도층 인사들을 어떻게 길들이기를 해왔는가 하는 독특한 내용을 담고 있다. 그 중에서도 언론과 관련된 사항이 적지 않다. 따지고 보면 언론 길들이기의 백미라고 할 수 있다. 김용철 변호사는 당시에 "삼성은 정치인, 언론인, 공무원뿐만 아니라 시민단체에 대해서도 항상 동향을 파악하고 유사시 매수·회유하기 위해 평소 중요 인사에 대해 접촉할 수 있는 인맥 관리 명단을 작성해 두고 있다"고 지적했다.

한겨레·경향의 삼성 광고 없던 2년

김 변호사(전 삼성그룹 구조본 법무팀장)와 천주교정 의구현 전국사제단(사제단)은 2007년 11월 삼성그룹 과 총수가족의 각종 비리를 폭로하는 기자회견을 연 쇄적으로 가졌다. 내용은 가히 충격적이었다. 단순히 뉴스 가치로만 보면 당연 1면 톱 감이었다. 당연히 그 룹 구조조정본부(과거 비서실) 차원에서 모든 언론사 의 보도 차단에 총력을 쏟았다. 물론 이면에는 엄청난 '당근'이 있었음은 물론이다.

그러나 한겨레신문과 경향신문은 이를 거부하고 계 속 관련 기사를 크게 실었다. 삼성도 고민에 빠졌다. 그러나 '이렇게 기사가 나가는데 거기다 우리가 광고 를 줄 필요가 없다'는 의견이 우세했다. 그 후 2년간 이들 2개사에 삼성 광고가 끊겼다.

그동안 신문사는 힘들었다. 삼성 역시 껄끄러웠다. 2009년 말부터 물밑에서 광고 정상화 문제가 논의되 기 시작됐다. 이런 와중에 2010년 2월 김 변호사가 비리 폭로 과정과 내용을 상세히 실은 '삼성을 생각한 다'는 책을 펴냈고, 이를 한겨레신문이 사회면에 크게 쓰면서 삼성 내부에서 또다시 광고 재개에 대한 동요 가 일어났다. 동시에 지면 하단에 책 광고 게재 여부 가 또 다른 논란의 불씨가 됐다. 결국 한겨레신문은 책 광고를 싣지 않았고, 이후 광고비 집행은 정상화된 것으로 나중에 알려졌다. 경향신문은 이미 물밑 거래 를 통해 2월 초순 밴쿠버 동계올림픽관련 삼성그룹 광고를 게재하는 것을 계기로 문제를 매듭지은 것으로 전해진다.

제8장. 보도의 객관성과 공정성

1.개념정립

객관성이란 무엇인가

 저널리즘 학계에서 객관성(objectivity) 또는 객관주의가 과연 무엇이냐에 대한 연구가 많이 있어 왔다. 그러나 이런저런 이론을 대입해 봐도 딱 떨어지는 개념은 나오지 않는다. 연구 학자를 깎아 내리는 것이 아니라 언론 현실이 그렇다. 어떤 기준이나 원칙을 세우기가 어렵기 때문이다. 그런만큼 어느 보도가 객관성을 갖추고 있다 또는 그것을 제대로 지키지 못하고 있다를 둘러싸고 끊임없이 논란이 이는 것은 어찌 보면 지극히 당연하다.

 우리나라 언론 법제나 윤리강령도 객관성을 내세우고 있다. 그러나 완전한 객관성을 확보하는 것은 무척 어렵다. 그렇지만 이를 유지하기위해 끝까지 공을 들여야 한다. 어찌됐든 기사는 제3자적 입장에서 객관적으로 쓰여 져야 한다.

그럼 공정성은 무엇인가

 공정성(fairness)에 대해서도 여러 가지 설명과 해석이 있다. 그러나 그것이 반드시 명확한 것은 아니다. 차라리 저마다 달라서 혼란마저 준다. [17]따라서 어떤 이론보다는 워싱턴포스트가 만든 윤리강령의 공정성 규정을 보면 이해가 빠를 것 같다.

1)중요한 것이나 의미 있는 사실의 생략은 공정하지 않다

2)중요 사실 희생이나 별 관계없는 정보 포함은 공정하지 않다

3)독자를 의식적· 무의식적으로 오도·기만하는 것은 공정한 보도가 아니다

4)자신의 편견·감정을 숨긴 보도도 공정하다고 볼 수 없다

우리의 판단에 꽤 도움이 되는 가이드라인이다. 그러나 여전히 잘 모르겠다는 게 솔직한 심정이다. 결론적으로 사실을 편견 없이 불편부당하게 전달하는 것이 바로 공정성이라고 이해하는 게 가장 바람직하다고 본다.

현실적으로 자주 등장하다

어찌됐든 객관성과 공정성을 지키는 것은 기사로서 갖추어야할 최고의 가치임에 틀림없다. 또한 현실적으로 보도의 객관성과 공정성 문제는 자주 등장하기 때

---

17) 김옥조,2004,미디어 윤리,207쪽

문에 신경을 쓰지 않을 수 없다. 설령 100% 달성할 수 없는 목표일지라도 그것에 최대한 접근하려고 노력해야하는 게 바로 이들 개념인 것이다.

KBS가 과거 박근혜 정부 시절 국무총리 후보자인 문창극씨의 교회 발언을 보도한 것을 예로 들어보자. 당시 KBS는 "일제의 식민지배는 하나님의 뜻" "우리 민족 DNA에는 게으름이 있다"라는 문씨의 발언을 전했다. 이에 대해 방송통신심의위는 "해당 강연의 전체 취지와 내용의 전후 맥락에 대한 언급 없이 일부 발언만 편집해 보도한 것은 발언의 취지를 왜곡해 시청자를 혼동케했다"면서 "KBS 보도가 공정성과 객관성 준수의 의무를 위반했다"고 지적했다. 이처럼 객관성과 공정성은 조금이라고 예민한 기사는 거의 모두 해당되는 매우 민감한 개념이다.

객관성으로 본 세월호 보도 평가

세월호 보도는 취재보도의 여러 측면에서 숱한 문제점을 남겼다. 여기서는 객관성과 공정성 측면에서 세월호 보도를 평가해본다. 이것은 현장기자와 데스크의 의견을 종합해서 정리한 것이다.

우선 매체의 과열 경쟁이 부추긴 측면이 강하지만 부분별한 보도가 남발됐다. 또 대형 재난 사건사고에 대한 기자와 데스크의 전문성이 부족해 객관성을 결여했다는 지적이 뒤따른다. 아울러 지나친 속보 경쟁으로 인해 정확성이 떨어졌다. 이는 공정성 부족으로 연결된다. 또한 전문가라고 현장에 나타난 취재원이 과연 전문가인지를 검증할 능력이 취재기자에게 없었다. 앞서 지적한 인격권과 관련이 있지만 피해자에 대한 배려가 부족하고 피해자 인권보호가 제대로 이뤄지지 않은 점도 객관성을 현격히 떨어뜨리는 요인으로 지적된다.

이같은 일련의 문제성 보도가 쓰나미처럼 쓸고 간 이후 언론 5개 단체(기자협회,방송협회,신문협회,신문방송편집인협회,신문윤리위)가 2014년 9월에 마련한 재난보도준칙이 이런 객관성과 공정성을 강화하는 방향으로 만들어졌다는 것은 그나마 다행스러운 일이다.

2.기계적 균형

과연 이것이 해법인가
이런 논란 속에서 등장한 절충점이 이른바 기계적 균형이라는 개념이다. 즉 어떻게 해도 객관성과 공정성이 완벽하게 보장이 안 되니 이쪽 주장과 그에 대한 반론을 똑같이 반반씩 써준다는 얘기다. 두 줄이면 두 줄, 세 줄이면 세 줄씩 쓰면 다른 군소리가 없지 않겠느냐는 타협안이다. 그러나 이런 방식이 현실적으로 기사에 반영되기 어렵다. 또 설령 반영되더라도 객관성 논란은 사라지지 않을 것이다. 이 역시 해법이 될 수 없다는 게 일반적 평가다. 주장과 반론은 기사

의 분량으로 정리될 수 있는 사안이 결코 아니기 때문이다. 어떤 주장이나 의혹이 일단 기사화됐다는 사실 그 하나만으로도 이미 대세가 어느 한쪽으로 기울어지는 경우가 허다하다.

반론권(right to reply)

그럼에도 어떤 주장이나 문제제기 나아가 어느 정도 혐의가 있는 의혹이 제기된 상황에서 반론의 기회를 갖는 것 또는 반론의 기회가 주어지는 것은 무척 중요하다. 응대할 가치가 전혀 없다며 아예 무시하거나 아무런 반응을 보이지 않는 경우는 극히 예외적이다. 반응이나 대꾸가 없는 것은 문제해결의 방법이 아니다. 그것을 시인하든 부인하든 아니면 일부 시인하거나 제기된 주장의 오류를 지적하는 것이든 어떤 형태라도 반론은 필요하다는 게 중론이다. 현행법상 반론권과 이를 제도화한 언론중재제도는 그래서 분명 순기능을 갖고 있다. 이를 행사할 법정 기구로서 언론중재위원회는 반론보도, 정정보도, 추후보도 뿐만 아니라 손해배상을 위한 조정과 중재 역할을 하고 있다.

인터넷 매체는 기사 삭제도 하나의 방법

그렇지만 인터넷 또는 온라인 매체의 반론권 행사는 아직 틀이 잡혀있지 않다. 요즘 명예훼손이 빈번하게 나타나는 인터넷 매체의 경우 반론권이 구체적으로 반영된 반론 보도를 어떤 방식으로 실을 것인가에 대한 가이드라인이 없다. 다시 말해 어느 정도의 길이로 어느 정도의 기간 동안 해당 사이트에 게재할 것인가에 대한 명확한 기준이 없는 실정이다. 그래서 현실적으로 인터넷에 올라있는 기사를 아예 완전히 삭제하는 것도 반론권의 실행 방안의 하나로 종종 거론된다. 물론 이것은 당사자 간 합의로 얼마든지 해결할 수 있다.

팩트 중심으로 드라이하게 써라

 그렇다면 현실적으로 객관성과 공정성을 어떻게 확보할 수 있는가. 모든 기사마다 완전하게 확보할 수 없으니 차선은 무엇인가. 관건은 가급적 논란의 소지를 최소한으로 줄이는 게 상책이다. 그래서 기사를 쓸 때 주문하는 게 팩트(fact) 중심으로 가능한 한 드라이(dry)하게 쓰라는 것이다. 쉬우면서도 어려운, 어려우면서도 쉬운 해법이다. 결국 사실 보도에 충실할 때 객관성과 공정성 시비에서 조금이라도 벗어날 수 있다는 지적이다. 또 기자가 본인이 직접 취재한 확실한 팩트를 갖고 있을 때만이 필화 사건을 피할 수 있다. 또한 설령 어떤 기사가 사회 문제가 되더라도 그 기사가 팩트에 기초한 경우에는 최종적으로 그 기사를 쓴 기자는 절대적으로 안전하다는 점을 역사가 확인하고 있다.

3.논란의 연속

한국 특유의 언론문화

팩트를 토대로 드라이하게 쓴다는 해법이 이처럼 제시되고 있지만 이건 참으로 어렵다. 이렇게 늘 쓸 수 있다면 무슨 걱정인가. 그렇게 안 되니까 고민하는 것이다. 그렇다면 이처럼 객관성과 공정성을 둘러싼 논란은 왜 이렇게 연속되는가. 왜 거의 날마다 반복되는가. 따라서 원인을 진단하는 일은 결국 이런 논란을 조금이나마 잠재울 수 있는 길이 될 것이다. 결과적으로 그 원인은 한국 특유의 언론문화 또는 언론계 생태에서 찾을 수 있다. 크게 4가지로 나눠 고찰해본다. 앞의 두 가지는 기자 개인에 관한 측면이 강한 반면 뒤의 두 가지는 언론사는 물론 제도권 언론계에 관한 속성으로 분류될 수 있다.

특종(SCOOP)의 양면성

수많은 기자들이 매순간 노리는 특종은 이중성을 갖고 있다. 정치사회적 이슈를 설정하는 기능을 갖고 있다. 그만큼 사회적 파장을 가져온다. 동시에 특종에 집착한 나머지 자칫 사회적으로 엄청난 파장을 불러올 오보로 흐를 위험성도 많다.

1단 짜리라도 특종하는 맛에 기자한다는 말처럼 특종이 갖는 묘미는 크고 다양하다. 그러다보니 특종에 대한 갈증과 조바심이 커지고 그것은 한건주의로 발전한다. 집착으로 변질된다. 여기서 오보는 터진다. 사회 문제도 동시에 불거진다. 그래서 특종과 오보는 종이 한 장 차이라고 말한다.

기자가 무슨 벼슬인가-빗나간 '갑질'

오랫동안 굳어온 기자들의 우월의식이 또 다른 객관성 시비를 야기한다. 세상이 그렇게 바뀌었는데도 여전히 기자가 엄청난 권력을 행사하는 특권층으로 착각하고 있는 부류가 적지 않다. 그러다보니 여기저기서 갑질이 끊이질 않는다. 기사는 자연 엉뚱하게 흘러버린다. 기자는 결코 '벼슬'이 될 수 없는데도 아직도 그것을 모른다. 빗나간 행태가 줄을 잇는다. 이런 시대착오적인 양동 양식에서 벗어날 때 기사를 둘러싼 객관성 시비와 공정성 논란은 줄어들 것이다.

냄비속성

우리 언론 특유의 냄비속성을 지적하지 않을 수 없다. 냄비가 막 끓었다가 금새 확 식듯이 무슨 이슈가 터지면 확 달려들었다가 조금 뒤에 확 죽어버리는 속성을 말한다. 고질병인지라 좀처럼 고쳐지지 않는다. 특정 이슈와 관련된 것이라면 별의 별 것이 다 기사가 되다가 어느 순간에 언제 그랬냐는 식으로 싹 사라져 버린다. 그래서 이슈 당사자들 사이에는 속언이 하나 있다. "폭우가 쏟아지면 일단 맞아라"가 그것이다. 우리나라 보도 형태가 냄비처럼 확 바뀌니까 그리 길지 않은 시간이 지나면 자연스럽게 기사가 나오지 않을 것이라는 판단에서다. 그러니 '기사가 나올테면 나오라'는 식으로 조금만 꾹 참고 기다리면 끝난다는 것이다. 아울러 지금의 이슈를 대신할 만한 다른 이슈가 나오면 또 언론이 그쪽으로 쫙 몰려갈 것이므로 "맞불거리를 찾아라"는 전략도 꽤 유효하다. 이른바 진화용 뉴스거리를 계획적으로 만들어 던지라는 것이다. 그러면 언론은 이번에는 이것을 꽉 무느라 이전 이슈를 놓지 말라고 해도 알아서 자동적으로 놓아버린다는 것이다.

양시양비(兩是兩非)

이쪽도 맞고 저쪽도 맞다 또는 이쪽도 틀리고 저쪽도 틀리다는 식의 이중적 태도가 바로 양시양비론이다. 이것은 응당 객관성과 공정성 논란을 가속화시킨다. 사회가 복잡다기해 질수록 다양한 이해관계가 뒤엉킨다. 그 속에서 언론은 어느 쪽에도 욕을 먹지 않으려고 어정쩡한 스탠스를 취한다. 겉으론 중립이라고 강변하지만 속을 들여다보면 중립을 가장한 것이다. 보도태도가 모호하기 짝이 없다. 이처럼 양시양비는 객관적이지 않다. 또 공정하지도 않다. 조금이라도 민감한 기사에서는 이런 모호성은 늘 따라다닌다.

4.토론과제: 최순실 사건과 태블릿 PC 진위 논란

 이른바 '최순실 태블릿 PC' 진위 논란은 지금도 계속되고 있다. 그러나 결과적으로 JTBC가 보도한 최순실씨(63·최서원으로 개명)의 태블릿 PC 기사는 박근혜 대통령 탄핵에 결정적 역할을 한 것은 분명하다.

 현재 이 PC가 최 씨의 것으로 추정되는 이유는 몇 가지가 있다. ①내부에 저장된 위치정보 ②이를 통해 받은 독일 출국 관련 문자 ③내부 이메일 흐름과 일치하는 정호성-최순실 간 휴대전화 문자 송수신 기록 ④여기서 보낸 카카오톡과 메일 송수신 내용이 그것이다.

 그럼에도 조작설 주장자들은 여전히 이것은 최 씨의 소유가 아니라고 맞서고 있다. 급기야 최 씨는 국정농단 사건의 증거물인 태블릿 PC를 사용한 적이 없다며 손석희 JTBC 대표이사 사장을 명예훼손으로 서울중앙지검에 고소했다(2019.09.24.). 허위사실 유포에 의한 명예훼손 혐의로 수사해 달라는 것이다.

 최씨는 "JTBC 보도와 달리 태블릿 PC를 사용하거나 이를 이용해 연설문을 고친 적이 없다"면서 "무엇보다 고소인은 박근혜 대통령을 허수아비로 세우고 그 뒤에서 국정농단을 한 비선실세가 결코 아니다"라고 주장했다. 최 씨는 또 미디어워치 고문 대표 변희재(45) 씨의 항소심 재판에 증인으로 출석해 적극 소명하겠다고 자청했다. 변 씨는 태블릿 PC가 조작됐다는 허위사실을 퍼뜨려 JTBC 등의 명예를 훼손한 혐의로 지난해 6월 구속기소 됐다. 1심에서 징역 2년이 선고됐으나 지난 5월 보석 결정으로 풀려나 항소심 재판을 받고 있다.

제9장. 촌지와 기자윤리

1.방식의 진화

이해상충(conflicts of interest)

거의 모든 언론 윤리강령이 이것만은 반드시 피해야
한다고 역설하는 대목이 있다. 바로 이해상충이다. [18)]
언론인이 언론활동을 하면서 그의 직분과 이해가 상
충하는 다른 활동에 종사하거나 관여할 수 있는 것에
대한 기준을 정한 것이다. 신문윤리실천요강 제14조
(정보의 부당이용금지)에는 ①기자 본인 및 친인척의
소유주식에 관한 보도 제한 ②소유 주식 및 증권의
거래금지 ③부동산 등 부당 거래 금지가 들어있다. 또
15조(언론인의 품위)에는 ①금품수수 및 향응 금지 ②
부당한 집단 영향력 행사 금지 ③부정한 금전 지불
금지 ④기자의 광고 판매 보급행위 금지가 포함되어
있다. 이것들은 물론 예시적인 것이다. 여기에 적시되
지 않은 유형들은 얼마든지 존재한다. 단지 이해상충
의 개념을 실질적으로 이해하는 데 도움을 주고자 하
나하나 나열했을 뿐이다. 우리가 주목하고자하는 대목
은 이 같은 이해상충의 유형 중에서 아주 악질적이고
저질적인 '타락 행태'인 것이다.

---

18) 강준만,2016,미디어 법과 윤리,348쪽

흔들리는 윤리의식

 언론 윤리 또는 기자의 직업윤리는 기자의 양심이고 자존심이다. 그것은 불의에 맞서는 신념이다. 그래서 이를 기자정신이라고 부른다. 여기에는 보도윤리, 취재윤리, 광고윤리 등 뉴스 제작 전 과정이 망라돼있다. 그러나 이것이 흔들리고 있다. 사회전반적인 분위기 탓도 있지만 급격한 미디어 환경 변화에 따라 언론사 경영환경이 악화된 것이 주요 원인으로 꼽힌다. 그러다보니 상당수 언론사 종사자들은 매체의 경영악화에 따라 생활급에도 못 미치는 급여를 받고 있는 실정이다. 이런 틈을 노리는 금전의 유혹이 여기저기 독버섯처럼 번지고 있다. 언론의 윤리의식이 송두리째 무너지는 것이 아니냐는 위기감이 엄습하고 있다.

교묘해지는 촌지 방식

 이런 분위기속에서 촌지가 오가는 방식은 날로 지능적으로 변모하고 있다. 여기서 촌지(寸志)라고 함은 금전만을 의미하는 게 아니다. 모든 형태의 향응과 접대는 물론이고 선물, 공연티켓, 외부 강의 및 출연, 공짜 여행 등을 다 포함한다. 골프접대도 당연히 들어간다. 골프 치고,식사 대접에 게임비 제공 그리고 참가상으로 위장된 선물까지 합치면 일인당 비용이 꽤 나오는 게 현실이다. 현금 촌지 못지않게 파괴력이 크다. 문제의 핵심은 이런 것들이 어떤 형태로든 기사에 영향을 미친다는 것이다. 그래서 사실이 왜곡되고 심지어는 조작 왜곡된 가짜 뉴스까지 생산될 수 있다는 데 심각성이 있다.

우리 사회의 경우 아직도 거의 모든 분야에서 뇌물수수는 여전히 존재한다. 하나의 관행으로 굳어있다. 그런데 언론계에서 오가는 촌지 액수는 흔히들 '폭포수의 물방울'이라고 비유한다. 그만큼 상대적으로 지극히 적다는 의미로 받아들여진다. 그렇지만 액수의 다과에 관계없이 이것은 분명히 범죄영역이다. 명백히 형사 처벌의 대상이 된다. 또 실제로 그렇게 처벌받은 언론인도 물론 존재한다.

그래도 갈수록 엄격해진다

그럼에도 불구하고 전반적인 기자 윤리는 강화되고 있는 추세에 있다고 판단된다. 사회 전체적인 투명성 제고는 물론 언론계의 자정 분위기도 한 몫 하고 있다. 과거에는 생각조차 못했던 것이지만 요즘은 언론사 실국장들에게 다만 얼마가 되든 회사 법인카드가 지급된다. 취재원으로부터 일방적으로 얻어먹지만 말라는 것이다. 거꾸로 취재원의 밥값을 내주라는 것이다. 김영란법이 시행된 것도 나름 기여한바 크다. 어쨌든 어떤 형태로든 또 내부든 외부든 규제와 감시의 강도가 높아지고 있는 것은 분명하다. 이와 함께 언론 윤리 강화를 위한 갖가지 방안들도 제기된다. 학교에서의 언론 윤리 교육, 언론인을 상대로 한 윤리 재교육, 언론 수용자에 대한 언론 윤리 교육이 그것이다.

2.기사 거래와 청탁

거래의 끝은 어디인가

기자 윤리를 논하는 데 있어 가장 타락한 형태 또는 가장 저질적인 양태가 기사를 갖고 검은 뒷거래를 하는 것이다. 금품이 오가고 청탁이 이뤄지는데 스트레이트 기사와 사설 또는 컬럼이 동원되는 것이다. 때론 자녀 문제까지 등장하는 경우도 있어 그 거래의 끝은 어디인가라는 비탄의 목소리도 들린다.

주가 띄우기

가장 일반적이면서 좀처럼 근절되지 않는 방식이 바로 주가를 조작하는 것이다. 주목할 만한 기사가 조간에 대문짝만하게 나가고 이것이 주가에 영향을 미쳐 한 건 크게 챙기고 그 댓가로 금품이 기자에게 건네지는 그런 그림이다. 방식도 그렇게 어렵지 않지만 때론 금품의 규모가 커서 범죄로까지 번지는 경우가 종종 있다.

사설통한 분위기 잡기

사설이나 컬럼이 동원되는 사례도 적지 않다. 딱히 재벌기업과 언론과의 거래라고 하기에 애매한 전후관계도 있다. 다만 목적은 하나다. 사설을 통해 특정 재벌기업이나 재벌총수에 대해 우호적인 사회 분위기를 조성하려는 것이다. 그래서 이런 기류가 재판 결과나 검찰 수사에 긍정적인 영향을 미치게 하려는 의도에서다. 이런 이면에는 특정 기업과 특정 언론인간 모종의 유착관계가 없어서는 안 된다. 그만큼 거래와 청탁이 혼재되어 있다고 봐야할 것이다.

경쟁제품 깎아내리기

먹거리나 생활 프로그램에서 영향력을 갖고 있는 일부 프로듀서들이 특정 제품을 추켜세우고 대신 경쟁제품을 근거 없이 깎아내리는 방송을 버젓이 제작·방송하는 경우가 종종 일어난다. 이것이 편파·왜곡 방송으로 확인돼 해당 프로그램이 중도하차하거나 아예 폐지되는 일도 벌어진다. 직업윤리의 실종이 가져온 비극이다. 일부에서는 이런 단계를 넘어서 범죄행위로 발전하는 경우도 적지 않다.

급기야는 자녀 취업 청탁까지

다음은 언론사 모 간부가 삼성그룹 고위 임원에게 보낸 문자 메시지를 인용한 내용이다.

"제 아들 ○○○이 삼성전자 ○○부문에 지원을 했는데 결과발표가 임박한 것 같습니다. 이름은 ○○○ 수험번호는 ○○○○○○○이고 ○○○대 전자공학과를 졸업했습니다. 이같은 부탁이 무례한줄 알면서도 부족한 자식을 둔 부모의 애끓는 마음을 가눌 길 없어 사장님의 하해와 같은 배려와 은혜를 간절히 앙망하오며 송구스러움을 무릅쓰고 감히 문자를 드립니다."

그렇다면 이 취업 청탁의 대가는 무엇인가. 무슨 기사를 얼마만큼 써줘야하고 또 어떤 기사를 얼마만큼 빼줘야 하는가. 말문이 막힐 정도이다. 물론 이것은 아주 극단적인 경우에 속하지만 일부 언론사 간부들의 기자 윤리 실종의 막장을 보는 것 같아 씁쓸하다.

3.토론과제: 삼성그룹 장모 사장의 카톡 문자 파문

삼성그룹 미래전략실 장모 사장에게 언론사 고위직들이 보낸 문자들이 폭로된 것은 2018년 4월이다. 이들 문자가 언론에 공개된 후 어느 보도 매체의 제목은 이렇게 뽑혔다.

"삼성에 무릎 꿇은 언론의 굴욕 문자,이 정도일 줄이야" 이어서 "대한민국 언론이 삼성 입안의 혀처럼 굴고 있다"

문자의 내용을 종합해보면 삼성이 언론사 고위층과 사전사후 교감을 통해 삼성 보도 관련 정보를 속속들이 파악하고 있었다. 아울러 언론사 간부가 삼성에 노골적으로 충성을 다짐하는 정황도 드러났다.

모 간부는 "사장님 OOO입니다. 국민의 생각에 영향을 미치는 사람으로서 대 삼성그룹의 대외업무 책임자인 사장님과 최소한 통화 한 번은 해야 한다고 봅니다" 고 보냈다. 다른 간부는 "선배님, 주소가 변경돼 알려드립니다. 국가 현안 삼성 현안 나라 경제에 대한 선배님 생각을 듣고 싶습니다. 평소에 들어 놓아야 기사에 반영할 수 있습니다"고 적었다.

고위층 언론인은 "주필자리에서 논설고문으로 발령났습니다. 33년 1개월입니다. 신석기부터 인공지능시대까지 1000년은 한 것 같습니다. 과분하게 베풀어주신 은혜를 늘 생각하겠습니다"라고 남겼다. 다른 언론인은 "넓고 깊은 배려에 감사합니다. 삼성은 대한민국 자체만큼이나 크고 소중합니다"이라고 말했다.

여기서 더 나아가 광고 협찬액을 늘려주면 좋은 지면으로 보답하겠다는 모 중앙지 편집국장의 문자는 그야말로 추악한 거래의 단면을 여실히 보여주었다. 오늘날 참담한 언론의 현실을 목도하는 것 같다.

"올 들어 OO일보에 대한 삼성의 협찬+광고 지원액이 작년대비 1.6억이 빠지는데 8월 협찬액을 작년(7억)대비 1억 플러스(8억) 할 수 있도록 사장님께 잘 좀 말씀드려 달라는 게 요지입니다 삼성도 많은 어려움이 있겠지만 혹시 여지가 없을지 사장님께서 관심갖고 챙겨봐 주십시오. 죄송합니다. 앞으로 좋은 기사, 좋은 지면으로 보답하겠습니다."

제10장. 취재원 보호

1.익명 보도

취재원 명시

취재기자와 취재원과의 관계는 무엇보다 신뢰가 중요하다. 기자 입장에선 각 분야별로 확실한 취재원을 확보하는 게 필수적이다. 어찌보면 기자의 생명과도 같은 존재라고 할 수 있다. 그러다보니 관리 또한 심혈을 기울여야한다.

취재원 보호권은 취재원에 관한 진술거부권을 말한다. 우리나라의 경우 취재원 및 그 보호에 관한 법적 조항은 없다. 기자 윤리의 범주에 들어가 있다. 윤리 문제라고 해서 적당히 넘길 사안은 결코 아니다. 신문윤리 실천요강을 보면 "보도 기사는 취재원을 원칙으로 익명이나 가명으로 표현해서는 안 되며 추상적이거나 일반적인 취재원을 빙자해 보도해서는 안 된다"고 명시하고 있다. 뉴욕타임스(NYT)는 "그 방법이 아니고는 보도할 수 없을 때에만 취재원을 밝히지 않을 수 있다"고 규정하고 있다.

여기까지는 아무 문제가 없다. 관건은 취재원이 자신의 이름과 신분을 밝히길 원치 않을 경우이다. 그야말로 취재원을 보호하지 않을 수 없는 상황일 때 이를 어떻게 기술적으로 처리해서 기사를 써야하느냐로 모아진다. 막연히 그냥 익명으로 할 것이냐,아니면 조금이라도 기사 내용의 신빙성을 높이기 위해 익명 속에서도 그 취재원을 가늠해 볼 수 있는 조금의 단서라도 달아주느냐 하는 이른바 기사작성 테크닉의 문제인 것이다.

익명 보도의 남발과 절제

 취재원 보호를 위한 익명보도의 경우 관계자, 당국자 또는 한 인사 등의 표현을 자주 쓴다. 여기에 '고위'라는 수식어를 부친다. '정부'관계자라고 쓰는 게 보통이지만 독자들에게 취재원을 보다 신빙성 있게 강조하기위해 '청와대'관계자 또는 '외교부'관계자라고 쓰기도 한다.

여기서 지적할 또 다른 문제는 익명 보도 자체가 아니라 그것을 남발하는 것이다. 이것은 뒤집어 얘기하면 취재원이 정확치 않다는 반증이다. 굳이 익명으로 처리할 필요가 없는데도 익명으로 기사를 쓰는 것은 그 기자의 기본을 의심케 한다. 그리고 익명 남발에는 취재원 의 조작이나 취재원 부풀리기 또는 뻥튀기까지 포함된다. 이는 기사가 자칫 오보로 흘러 예기치 못한 부작용을 불러 올 수 있다.따라서 수습기자 시절부터 기사를 쓸 때 취재원 보호와 익명 보도와 관련한 절제와 자제의 습관을 익히는 게 중요하다.

찌라시와 소식통

 언론계 주변이나 정치권 주변에는 흔히 찌라시라고 불리는 미확인 정보 문건이 나돈다. 그리고 이들 문건의 출처는 거의 100% '소식통'이다. 알려졌다, 보인다, 전망, 관측, 평가, 정부 관계자, 관계 당국, 소식통 등 각양각색의 취재원이 등장한다. 일부는 문건 작성자가 만들어낸 가공의 취재원일 수도 있다. 문제는 이런 문건들이 풍문이나 소문을 사실인양 활자화하는 데 있다. 나아가 일부 매체는 이를 토대로 기사를 쓴다. 소문의 확대 재생산인 셈이다. 여기다 더해 이런 류의 기사를 또 다른 언론사가 그대로 베낀다. 소위 표절에 표절이 반복되는 악순환이 이어진다. 또 외국 언론 기사를 마치 자사 기자가 취재한 것인 양 둔갑시키는 경우도 적지 않다. 이런 변칙 보도를 방지하기 위해서 [19]이중 익명(double anonymity)은 금기시 된다. 익명 하나만으로도 진실성이 떨어지는 마당에 기자 이름도 익명으로 하면서 자기가 인용한 말의 출처마저 익명으로 하는 것은 오보의 위험성이 그만큼 커진다는 의미이다.

취재원은 항상 팩트만 말하는가

 기자는 자신이 필요할 때마다 팩트를 던져주는 취재원을 무조건 믿어도 좋은가. 그는 항상 내편인가. 기

---

19) 김옥조,2004,미디어윤리,170쪽

자에게 기사가 될 만한 것을 던져주는 취재원이라면 그는 일단 상당한 위치에 있다고 봐야 한다. 또 기자와 친하게 지낼 만한 나름의 이유도 있다고 봐야 한다. 취재원을 의심하라는 게 아니라 그 이면을 봐야한다는 지적이다.

따라서 취재원을 항상 선의의 존재로만 봐서는 안 된다. 오히려 취재원에게 역이용 당하지 않도록 나름 조심할 필요가 있다. 이따금 취재원 보호라는 가치를 거꾸로 악용해 정치경제적 목적을 갖고 의도적으로 오보를 흘리는 일도 일어난다.

위장취재 허용 한계

익명 보도와 관련해 한 가지 더 짚어볼 사안이 이른바 위장취재를 어디까지 허용할 것인가이다. 취재를 위해서 일단 인정은 된다. 그리고 취재원은 보호된다. 그렇다고 무제한적으로 용납될 수는 없는 사안이다. 그래서 한계가 종종 논란이 된다. 물론 이것에는 절대적 기준은 없다. 그러나 잠입 취재의 필요성을 인정하는 추세는 틀림없다. 몰카를 설치한다거나 기자가 손님으로 가장하고, 카메라를 숨긴다거나 보이스 펜을 사용하는 정도는 일반적으로 용인된다고 하겠다.

그러나 명백한 함정취재는 간혹 그 한계를 넘어선 경우이다. [20]2014년 9월 영국 선데이 미러에 기고하

---

20) 국민일보.2014.9.15.

는 한 프리랜스 남성 기자는 트위터 공간에서 20대 여성(이름은 소피)으로 위장해 보수당 소속 브룩스 뉴마크 내각부 차관에게 접근한다. 프로필 사진으로 일광욕 장면을 내건 이 기자는 "열렬한 보수당 지지자인데 섹스에 관심이 있다"고 유혹한다. 결국 뉴마크는 덫에 걸려 급기야는 다른 사진을 요구하고 잠옷 바람으로 하체를 찍은 사진을 보내게 된다. 그 직후 이런 일이 선데이 미러에 기사화된다는 소식을 전해 듣고 그는 스스로 사임한다. 취재 윤리 위반이냐, 아니면 공익에 부합한다는 논란을 떠나 뒷맛이 씁쓸한 함정 취재의 대표적 사례라고 하겠다.

2.누설심리와 딥 스로트(Deep Throat)

임금님 귀는 당나귀 귀

기자와 취재원과의 관계를 설명하면서 반드시 고찰해야할 대목이 인간의 누설심리이다. 깊은 산속에 들어가 '임금님 귀는 당나귀 귀'라고 외친 평범한 한 인간의 절규가 이를 상징적으로 말해준다. 끝내 피할 수 없는 미묘한 인간의 심리 상태를 의미한다.

아마도 기자는 이 같은 누설심리가 없었다면 존재할 수 없는 직업인지도 모른다. 극도의 비밀일수록, 인간은 그것을 혼자만 알면서 참기가 참으로 힘든 모양이다. 그래서 누구 딱 한 사람에게만 얘기해야 극도의 긴장감에서 빠져나올 수 있는 것 같다. 이럴 때 아는 기자한테서 전화 한 통화가 걸려온다. "말하면 안되지, 안되지"하면서 참고 참다가 끝내는 "사실은...."하면서 그 누설심리가 터지고 만다. 그러면서 동시에 "이건 극비인데, 박 기자만 알고 있어야해"라는 단서를 단다. 이건 off-the-record와는 다르다. 쓰지 말라는 얘기가 아니다. 엄청난 비밀을 누설하면서 그냥 말하기에는 너무도 허전해서 그냥 부치는 첨언에 불과하다. 희대의 특종은 여기서 나온다. 그리고 기자와 취재원과는 완벽한 신뢰관계가 형성된다.

딥 스로트(Deep Throat)

 이처럼 엄청난 특종이 나올 때면 으레 핵심 취재원이 누구이냐에 또 다른 관심이 모아진다. 이럴 경우 응당 이 취재원은 실체가 드러나지 않는다. 조용히 숨어야한다. 왜냐하면 결정적으로 취재원이 파면되는 등 엄청난 피해를 볼 수 있기 때문이다. 미국 워싱턴 포스트 밥 우드워드는 워터게이트 사건 취재 당시 결정적인 정보를 제공했던 정부고위층 취재원을 확보하고 있었다. 세간에서 그를 '딥 스로트(Deep Throat)'로 불렀다. 목구멍 깊은 곳에 있는 예민한 부분을 지칭한다. 우드워드는 당시 그의 이름을 밝히지 않고 보호했음은 물론이다. 이처럼 어떤 사건사고에서 가장 결정적인 내용을 제공한 취재원을 흔히들 '딥 스로트'로 부른다.

33년 만에 드러난 취재원

원래 '딥 스로트'는 1972년에 개봉된 최초의 합법적 포르노 영화 제목이었다. 우드워드의 딥 스로트를 놓고 그동안 수많은 추측과 추정이 난무했다. [21)]결국 33년만인 2005년 5월에서야 당시 연방수사국(FBI) 2인자였던 마크 펠트(Mark Felt,1913-2008)로 밝혀졌다. 이 때는 이미 사건 자체가 하나의 역사가 되어버린 뒤라 취재원이 드러나도 별 문제가 없는 시점이었다. 그래서 취재원의 이름이 공개됐을 수도 있다. 어찌됐든 워터게이트 사건은 역사에 남을 만한 희대의 특종이기도 하지만 취재원 보호에 관해서도 귀중한 교훈을 남겼다.

우드워드는 최근 이렇게 말했다. "신뢰를 쌓기 위해 취재원이 30년 전에 이름 모를 잡지에 기고한 글까지 찾아 읽고 인터뷰에 나선다"며 "취재원과 공감하는 게 가장 중요하다."

---

21) 강준만,2016,미디어법과 윤리,235쪽

3.토론과제: 황장엽 전노동당 비서 전향서 작성 거부 파문

거물급의 고집과 구시대 유물 집착했던 안기부

지금은 고인이 된 북한 노동당 비서 황장엽 씨(2010년 87세로 사망)가 1997년 2월12일 한국으로 망명을 요청했다. 주체사상의 최고 이론가이다. 김일성대 총장과 최고인민회의 의장을 거친 초 거물급 인사의 망명은 분단이후 처음이었다. 베이징과 필리핀을 거쳐 67일 만에 서울에 도착했다.

그런데 김영삼 정부, 좁게 말하면 안기부에 고민이 생겼다. 당시에는 이른바 전향서 제도가 있었다. 누구든지 망명을 했을 경우 자신의 사상을 '공산주의'에서 '자유민주주의'로 전향한다는 내용의 문서를 작성해야한다. 그런데 이를 황 전비서가 '나 같은 거물이 무슨 전향서가 필요 하냐'며 '쓸 수 없으며 쓰지 않겠다'고 계속 버티었다. 이 제도는 인권침해를 이유로 비판을 받아오다 1998년 김대중 정부 때 준법서약서 제도로 바뀌었다. 이는 정부가 비전향 장기수 등 공안사범을 석방·감형하면서 '대한민국 체제와 법을 준수하겠다'는 내용을 서약하도록 한 것이다.

안기부가 이런 문제로 골치를 썩일 즈음 1997년 6월 국민일보는 1면 톱으로 이 같은 작성 거부 사실을 특종 보도했다. 당시 정치부 박모차장이 안기부의 고위직 인사로부터 들은 내용이 기초가 됐다. 안기부와 청와대는 발칵 뒤집혔다. 도대체 이런 극비가 어떻게 새어 나갔느냐는 것이었다. 자체적으로 내부에서 누가 취재원인지를 색출하는 작업이 벌어졌다. 찾을 수가 없었다. 이 사실을 알고 있는 정부 내 관계자와 국민일보와의 연계를 조사했다. 역시 오리무중이었다.

안기부는 급기야 조사의 초점을 기사를 쓴 박차장으로 좁혀서 압박해 들어갔다. 해당기자에 대한 보도경위를 조사하겠다는 통보가 국민일보에 전달됐다. 안기부는 안기부 사무실 또는 제3의 장소에서 조사할 것을 제의했고, 국민일보 측은 거부했다. 조사할 것이 있으면 편집국을 방문해서 조사하라고 통보했다. 결국 안기부 직원 수명이 7월3일 국민일보를 방문했고 편집국 회의실에서 박차장을 상대로 조사를 벌였다. 조사의 초점은 "누구한테 이 사실을 들었느냐"였다. 박차장은 시종 취재원은 밝힐 수 없다고 버텼다. 10시간의 조사는 이렇게 옥신각신 끝에 종료됐다. 그 취재원이 누구인지는 아직까지 밝혀지지 않고 있다.

제11장. 선정주의

1.고질병

선정성(煽情性),음란, 외설

 선정주의 또는 선정성은 일반적으로 외설이나 음란과 거의 같은 의미라고 할 수 있다. 그러나 사용처에 따라 다소 의미에 차이가 있다. 이는 주로 보도매체에서 거론된다. 이른바 섹스 소설 등 외설 출판물이라고 할 때의 외설이나 음란공연 등의 음란과는 뉘앙스의 차이가 있다. 한 마디로 정의하자면 어떤 사건을 보도하는데 있어 가장 흥미 있고 자극적인 부분 예를 들어 치정관계, 섹스, 폭력을 부각시켜 보다 많은 사람들이 주목하도록 하는 보도 행태를 일컫는다.

대중지 vs 고급지(또는 권위지)

 과거 전통적인 신문시대에서는 대중지와 고급지 또는 권위지를 구분하는 하나의 잣대가 바로 선정주의였다. 지면에 얼마나 선정적인 기사가 깔려있느냐에 따라 신문의 질을 평가한 것이다. 사실 미국의 경우 19세기 들어 신문매체가 대중화된 것은 이런 선정주의 보도 덕분이다. 이 때문에 대중이 뉴스를 찾았고, 나아가 주변의 정치사회적 문제에도 관심을 갖기 시작했다. 이처럼 선정보도를 통해 독자를 확보하고 자본을 축적한 신문기업들이 점차 신문의 공익성을 충족시켰고, 시간이 지나면서 권위지로 탈바꿈했다.

신문 연재소설의 외설시비

보도의 선정성을 논하면서 한국 신문의 연재소설의 외설시비를 거론하지 않을 수 없다. 최근까지도 신문의 연재소설은 당시의 시대 상황을 반영하는 트렌드 소설이 주류를 이루었다. 그러다보니 일부 신문의 연재물이 종종 논란의 도마에 올랐다. 노골적인 성애 장면과 묘사가 독자들의 입에서 입으로 옮겨졌다. 자연 장안의 지가를 올리게 됐고, 이는 역설적이지만 신문 판매 부수 확장에도 일등공신 노릇을 톡톡히 했던 것이다.

도졌다가 가라앉았다가

가장 큰 문제는 이 같은 선정성이 언론계의 고질병이라는 데 있다. 숱한 자기견제와 외부 통제에도 불구하고 선정주의는 미디어판을 잠식하고 있다. 쉽게 근절되지 않고 있다. 그렇다면 왜 그런가. 무엇보다 열독률 및 시청률, 클릭 수, 페이지 뷰를 올리기에 매몰된 언론계의 토착병이 선정주의를 부추기는 데 있다. 또한 독자와 시청자를 확보하고 그 숫자를 근거로 광고수입을 확보해야하는 언론매체의 수익구조가 상당한 영향을 미친다. 따라서 뉴스의 주목도를 높이는데 가장 손쉬운 방법이 선정보도인 셈이다. 언론사들이 포기하기가 쉽지 않다. 동시에 선정 보도의 수요가 꾸준히 상존하고 있다는 점도 선정보도의 근절을 어렵게 만든다. 아울러 기자들의 의도적인 부추김도 적지 않다. 자신이 쓴 기사가 보다 주목을 받도록 하기위해 고의적으로 선정성을 가미하는 경우를 말한다.

선정성 개념의 확대
 이처럼 의도적으로 선정성을 부추기는 행태 때문에 요즘은 선정성의 개념이나 적용범위가 확대되는 추세에 있다. 지금까지 대부분의 사례에서 봤던 것처럼 우리의 말초신경을 단순히 자극하는 것만을 가르키는 것이 아니라 여기서 한 단계 더 발전한다. 보다 포괄적으로 사안의 본질과 핵심과는 무관한 지엽적인 부분을 확대하거나 과장해 보도하는 행태까지도 선정성의 범위에 포함하는 단계에 이르렀다. 따라서 '~일 것이다'라는 추측성 보도는 지양되어야 한다. 또한 기자의 주관적 판단이나 해설을 기사화함으로써 소위 '소설을 쓴다'는 경우가 왕왕 있다. 역시 자제되어야한다.

2.'극단적 선택' 보도의 원칙

피서철과 비키니 수영복
 가장 흔히 일어나는 선정주의 보도 사례를 보자. 피

서철에 응당 뉴스 시간에 들어가는 단골 꼭지에는 해수욕장이나 수영장 스케치가 있다. 무더위 스케치에도 빠질 수 없는 아이템이다. 이럴 때 카메라는 자연히 비키니 수영복을 입은 젊은 여성에게 돌아간다. 여성의 육체가 부각되는 것도 당연하다. 보도국이나 영상취재팀은 전체를 찍다보니 불가피하게 들어갔다고 해명한다. 그러나 속말로 몸매가 좋고 외모가 돋보이는 여성을 오랫동안 비추는 것은 여성을 단순한 눈요깃거리로 보는 시각이 깔려있다. 성의 상품화가 우려되는 대목이다. 더구나 당사자 동의 없이 무단으로 방영함으로써 사생활 침해 논란을 가져오곤 한다.

자살보도 기준

 이 같은 일반적인 선정보도도 문제지만 더 큰 쟁점은 연예인이나 사회적 저명인사의 자살 사건을 어떻게 보도하는가에 있다. 사회적 논란이 증폭될 경우 자살보다도 더 큰 사회문제를 야기할 수 있기 때문이다. 유명인의 극단적 선택에 동조하는 현상인 소위 '베르테르 효과'도 같은 부류라고 할 수 있다.

 한국기자협회가 2004년10월 제정한 '자살관련 언론보도의 윤리강령'에서 가장 강조한 대목은 '어떤 방법으로 자살했는지에 대해 자세하게 묘사하는 것은 절대 금해야 한다'는 것이다. 또 세계보건기구(WHO)는 "흥미위주의 보도를 지양하고, 자살방법에 대한 자세한 묘사를 피해야 하며, 유명인사는 정신보건문제에 대해 언급할 것"이란 가이드라인을 제시하고 있다.

이처럼 자살보도는 우선 '자살'이란 단어를 쓰지 않는다. 22)'극단적 선택' 등 순화된 용어를 사용하고, 이마저도 반복을 최대한 자제한다. 사건의 배경이나 이유를 섣불리 추측해선 안 된다. 유서가 있더라도 반드시 지켜져야 한다. 속보 경쟁 또한 자제돼야 한다. 무분별한 보도가 마구 나가면 예기치 못한 피해가 발생할 수 있다. 방송의 경우에는 반드시 나가야할 자막이 있다. 우울감 등 말 못 할 고민을 나눌 수 있는 상담기구의 전화번호를 챙겨야 한다.

3.개선방안

갖가지 폐단을 야기

여러 가지 제한과 기준에도 불구하고 선정보도는 폐단을 쏟아낸다. 첫째, 명예훼손과 사생활 침해 등의 문제점을 야기한다. 둘째, 언론에 대한 국민 신뢰도 저하를 수반한다. 셋째, 언론매체에 대한 불신이 높아지고 공론의 장으로서 언론의 기능이 쇠퇴하는 악순환을 거듭한다. 끝으로 언론의 이런 풍토를 역이용해 일부 악의가 있는 취재원들은 선정적 요소를 담고 있는 폭로성 정보를 언론에 흘려 여론을 조작하고 호도하기도 한다. 폐단들이 꼬리에 꼬리를 물고 이어지는

---

22) 조선일보,2019.7.20,25면

형국이다.

실효성이 늘 문제
 바람직한 개선방안은 있는가. 학계와 취재현장에서 이런 저런 개선책을 내놓고 있다. 큰 틀에서 보면 이런 문제를 법률적으로 규제할 수 없는 만큼 선정보도 관행을 적절히 통제하고 분별할 수 있는 건전한 언론문화를 형성하는 노력이 필요하다는 지적이다. 그야말로 교과서적 대안이다. 당연히 이런 방향으로 가야한다. 선정보도를 일삼는 매체에 대해선 수용자 평가 차원에서 언론계에서 배제시켜야한다. 아울러 선정주의에 해당하는 구체적 사례집을 주기적으로 발간해 언론계 분위기를 유도할 필요가 있다. 무엇보다도 취재기자와 편집기자가 선정주의 늪에서 빠져나와야한다는 자각아래 자기 여과(filtering)를 강화하는 것이 절실하다.

4.토론과제: 신정아씨 누드사진 보도

1면에 실린 아찔한 뒷모습
 가짜 미국 박사, 고위층과 스캔들, 미모 등 대중의 관심 요소를 두루 갖춘 신정아씨의 뒷모습 누드사진이 2007년 9월13일자 문화일보 1면에 게재됐다. 당시 문화일보 홈페이지는 다운됐다. 여성단체, 시민단체,

네티즌은 엄청난 비난을 쏟아냈다. 신문윤리위원회는 "사건의 본질과 직접 관련성이 없음에도 누드사진을 공개한 것은 명백한 선정보도"라고 규정하고 "한 여성의 명예를 훼손하고, 인격권과 사생활을 침해했다"고 밝혔다. 문화일보는 35일 만에 독자에 사과했다. 당시 문화일보는 '선정성 부분에 대해 비판의 소지가 있을 수 있다'면서도 '이번 사건의 본질을 보여주는 상징적 증거라고 판단해 고심 끝에 게재했다' '사건의 본질을 보여주고 공익 또는 국민의 알 권리에 기여한 것이 더 우선'이라고 말했다.

손해배상금 1억 5천만원

신씨는 문화일보가 자신의 알몸 사진을 싣고 '성 로비'의혹을 제기한 것에 대해 초상권과 인격권을 침해당했다며 손해배상금 10억 원과 정정 보도를 요구했다. 이에 대해 서울중앙지법 민사합의25부(재판장 한호형)는 "문화일보측은 정정보도와 함께 손해 배상금 1억5000만원을 지급하라"고 판시했다. 이와는 별도로 신씨는 학력을 위조해 동국대에 임용되고 광주비엔날레 예술 감독에 선정된 혐의(업무방해)와 성곡미술관 공금을 빼돌린 혐의(횡령)로 징역 1년6개월을 선고받았다. 이후에 신씨는 예일대 박사학위 전말, 연인 관계였던 전 청와대 정책실장과의 만남, 동국대 교수 채용과정과 정치권 배후설에 대한 진실, 문화일보 누드사진 보도 전말 등을 담은 자전 에세이집 '4001'을 내

놓아 또 한번 세인의 주목을 받았다. 제목 '4001'은
수감 시절 신씨의 수인번호다.

참고문헌

권태호. 2017. 인사청문회 검증보도. 신문과 방송 9월호(No.561)

김경모. 2019. 뉴스신뢰도의 출발점, 취재원. 신문과 방송 4월호(No.580)

김경호. 2004. 범죄 보도롤 인한 인격권으로서의 초상권침해 연구. 언론과 사회 12권2호

김영욱. 2004. 한국언론의 윤리 점검 시스템. 한국언론재단

김옥조. 2005. 미디어윤리. 커뮤니케이션북스

김옥조. 2005. 미디어법. 커뮤니케이션북스

김창남. 2016. 광고없는 언론사. 신문과 방송 11월호(No.551)

김창룡. 2019. 검찰포토라인, 인격 침해인가 알 권리인가. 신문과 방송 4월호(No.580)

남재일. 2010. 직업이데올로기로서의 한국 언론윤리의 형성과정. 한국언론정보학보. 통권 50호

매튜 키이란(Matthew Kieran). 2018. 미디어윤리-철학적 접근. 김유란 역. 씨아이알

문재완 외 13명(한국언론법학회총서). 2017. 미디어와 법. 커뮤니케이션북스

박성제. 2017. 권력과 언론-기레기 저널리즘의 시대. 미디어창비

박아란 외 2명. 2017. 공인보도와 언론의 자유. 한국언론진흥재단

박아란. 2018. 공인보도와 언론의 자유. 신문과 방송 2월호(No.566)

박영상 김정기. 1999. 국민정서와 뉴스. 삼성언론재단

박종인. 2014. 국익과 진실보도. 커뮤니케이션북스

언론개혁정책위원회. 1997. 언론개혁10대과제. 전국언론노동조합연맹·한국기자협회·한국방송프로듀서연합회

에베레트 데니스, 존메릴. 2000. 미디어 디베이트 (Media Debate-Issues in Mass Communication). 한동섭 김형일 역. 커뮤니케이션북스

양재규. 2014. 공익·인격권 관점에서 본 세월호사건 보도의 문제. 신문과 방송 9월호(No.525)

양재규. 2014. 범죄보도와 초상권. 신문과 방송 6월호 (No.522)

양재규. 2014. 언론과 공익의 관계. 신문과 방송 3월호(No.519)

이대현. 2018. 영화 '더 포스트' 언론은 무엇을 위해 사는가. 신문과 방송 4월호(No.568)

이수범. 2007. 기사형 광고의 현황과 개선에 관한 연구. 신문발전위원회

이승주 외. 2013. 국익을 찾아서-이론과 현실. 명인문화사

이완수. 2014. 선정적인 보도 만발. 신문과 방송 6월

호(No.522)

이재진. 2013. 미디어법. 커뮤니케이션북스

이재진. 2013. 미디어윤리. 커뮤니케이션북스

이재진. 2018. 언론과 공인. 한양대학교 출판부

이준웅. 2015. 표현의 자유와 한계. 신문과 방송 3월호(No.531)

이준웅. 2017. 최순실보도이후 한국언론의 과제. 신문과 방송 12월호(No.564)

최민재 양승찬 이강형. 2013. 디지털 미디어 시대의 저널리즘 : 쟁점과 전망. 한국언론진흥재단

필립 패터슨, 리 윌킨스. 2013. 미디어윤리의 이론과 실제. 장하용 역. 한울

한국언론정보학회 엮음. 2011. 현대사회와 매스커뮤니케이션. 한울 아카데미

Bertrand,C.J. 2000.Media Ethics & Accountability System.New Brunswick-London

Campbell,R. 2005.Media and Culture(4th ed.). Boston:Bedford/St.Matin's

Compaine,B.M.&D.Gomery.2000.Who Owns the Media?(3rd ed.).Mahwah,NJ:LEA.

Dominick,J.2005.The Dynamics of Mass Communication (8th ed.).New York:McGraw-Hill

Fiske,John.1994.Media Matters:Everyday Culture and Political Change.Minneapolis,MN:University of Minnesota Press

McQuail,Denis.1992.Media Performance : Mass Communication and the Public Interest.Newbury Park,CA:Sage

Merril,J. 1996. Overview:Foundation for media ethics.White Plains,NY:Longman

Moore,Roy L.1994.Mass Communication Law and Ethics.Hillsdale,NJ:Lawrence Erlbaum

Parent,W.A.1992."Privacy,Morality,and the Law" In Philosophical Issues in Jounalism,edited by Elliot D.Cohen.New York:Oxford University Press

Pember,Don R. 2001.Mass Media Law 2001/2002 Edition.McGraw-Hill Higher Education

신문칼럼을 통한 쟁점 이해하기

본문에서 기술한 현대저널리즘의 10가지 쟁점을 보다 생동감 있게 이해할 수 있도록 쟁점마다 그에 부합하는 신문 칼럼을 한 두 개씩 붙였다.

이들 칼럼은 필자가 국민일보에서 사회부장·정치부장·국제부장과 편집부국장으로 재직할 당시 쓴 원고들 가운데 쟁점별로 선별한 것이다. 당시 시대 상황이 적나라하게 반영되어 있어 각 쟁점들과 잘 맞아 떨어질 것으로 보인다. 다만 일부 칼럼은 해당 쟁점이 간접적으로 투영되어 있음을 이해해 주길 바란다.

참고로 중앙지 편집국장은 칼럼을 쓰지 않는다. 매일 나오는 신문 그 자체가 편집국장 책임 하에 만들어지는 것이라 굳이 별도의 칼럼을 통해 자신의 입장을 표명할 필요가 없기 때문이다. **(필자 주)**

오수견(犬)과 하치코(公)

전국 산하에 개망초가 만발했다. 비록 북아메리카가 원산지이지만 이른바 귀화식물로 우리나라에만 핀다고 한다. 도쿄 우에노 공원의 사쿠라가 거의 시들어갈 요즘 국회의사당 주변에는 벚꽃놀이가 한창이다.

화려하지는 않지만 봄꽃의 자태를 은은히 풍기는 개망초. 겉은 참으로 눈이 부셔 온통 주위를 압도하지만 한번 지면 처절하게 흩어지는 벚꽃. 묘한 뒷맛이 남는다. 시인 박희진씨의 '개망초꽃'과 서울대 영문과 김영무 교수의 '벚꽃'의 몇 대목이다.

내가 어렸을 때/시골 길에서, 들에서, 언덕에서/지천으로 보았던 꽃
보기는 보았어도/건성으로 보았던 꽃/꽃 이름을 전혀 알려고도 안했던 꽃(중략)
반짝 둥글게 수줍게 웃고 있네/개망초꽃 예쁘지요/그 은은한 향기도 좋아요('개망초꽃'에서)

(중략) 바람부는 바람에 발각되자/여릿여릿/훨훨/연한 꽃잎 살점 다/내던지며 하얗게/끝내 들고 일어서

는 구나/눈부신/반란/사나흘
 파란 알 쓸어놓고/구름 너머로 나비떼 퇴각한 자리/
햇잎들 몇이서 웃으면서 패잔병처럼/피 묻은 창끝만
갈고 있다('벚꽃'에서)

 전북 임실에서 17일부터 오수의견 문화제가 열린다.
몸을 던져 주인을 살린 오수개를 기리기 위한 축제로
올해가 열일곱 번째다. 지금부터 천 년 전 어느 4월.
임실에 사는 김개인이라는 사람이 만취상태로 풀밭에
서 잠이 들었다. 이때 들불이 났다. 이 개는 근처 개
울에 뛰어들어 몸에 물을 적신 뒤 주인 주변에 불타
고 있는 풀밭에 뒹굴었다. 개울과 불길을 오가길 수십
차례. 그 개는 끝내 숯덩이처럼 변했다. 그의 이름은
지금 전북 임실군 오수면 오수리라는 지명으로 남아
있다. 오수의견비는 오수개의 무덤 옆에 세워졌다.
 도쿄 시부야역 광장에는 하치라는 충견의 동상이 서
있다. 1920년대 우에노역 앞에서 동경제대 교수인 주
인을 기다리다 지친 나머지 시름시름 앓다 죽은 개를
기린 것이다. 이것도 부족해 개 이름 뒤에 공(公)자를
붙여 하치코라고 부른다. 동상 건립 때 기금까지 마련
했고 시체는 우에노 과학박물관에 기증됐다. 박제도
만들었다. 그러나 실제로 최종 사인은 위안에 박힌 닭
꼬치 막대기 때문이라고 한다.
 이처럼 하치는 죽은 주인을 기다리는 소극적 정절에
비유되지만 오수개는 적극적 의로움을 보여준다. 하치

가 기다림의 자세라면 오수개는 찾아 나서는 행태를 보였다. 그러나 일본은 지극히 단순한 이 이야기를 국민적 관심사로 끌어올렸다.

지금 두 도시는 어수선하다. 다만 도쿄가 상대적으로 조용한 듯하다. 그런 것을 보면 저쪽이 뭔가 잘못을 저지른 것이 분명하다. 사고를 쳐놓고 이쪽이 어떻게 나오는가를 숨죽여 들여다보는 형국이랄까. 우리 정부의 대응을 보고 일본 정부는 일단 안도했음직하다. 그러면 그렇지, 대충 넘어갈 줄 알았다며 쾌재를 불렀을지도 모른다.

정부는 그럴지 모르지만 우리 국민은 결코 그럴 수 없었다. 반일에서 극일로, 극일에서 항일로 이어지는 목소리가 커져갔다. 정부는 도대체 뭣 하고 있느냐는 비난이 쏟아졌다. 다급해진 정부가 뒤늦게 몇 가지 제스처를 쓰고 있지만 도무지 성에 차지 않는다는 표정이다.

여기서 우리가 경계해야 할 대목은 이른바 냄비론이다. 과거처럼 빨리 달아올랐다가 곧바로 식어서는 안 된다. 이번에야말로 꾸준함과 지속성이 뒷받침돼야 한다. 개망초와 오수개처럼.

(게재일 2001.4.14.이하같음)

좌파도 좌파답게

이 땅의 좌파도 이제는 좌파다워야 할 때가 된 것 같다. 말이나 글, 행동 모든 면에서 그래야 할 시점이 온 것이다. 그것은 우리 사회에서 이미 좌파가 분명한 지분을 확보하고 있고, 그만큼 영향력을 행사하고 있기 때문이다. 사실 좌파가 남한 내에서 일정한 세력을 형성하고 있는 것은 조금도 이상한 일이 아니다. 역사적으로도 그렇고, 사회 흐름상으로도 그렇다. 참여정부의 출범으로 그 성장 토양이 상대적으로 나아졌다는 차이가 있을 뿐이다.

어느덧 한국 사회에서 좌우파간 이념 갈등은 하나의 보편적인 사회 문제로 자리 잡아가는 듯한 양상이다. 하루가 멀다 하고 이념 분쟁은 도처에서 벌어지고 있다. 자기 목소리를 내는 좌파가 예전보다 많아졌다는 반증이다. 그러다보니 대다수 사람들의 감각도 무뎌져 가는 듯하다. "또 그 소리야"로부터 "요즘 좌파가 너무 설쳐" 또는 "그 정도 얘기도 못해"까지 다양한 반응이 동시에 표출되고 있다.

급기야는 법무장관과 검찰총장 간 대립으로 번진 동국대 강정구 교수의 '한국 전쟁은 북한의 통일전쟁'

발언이 만약 지난해에 나왔더라면 아마도 지금보다 충격이 더 컸을 것이다. 맥아더 장군 동상 철거 주장도 비슷한 맥락이다. 내년에 또 같은 주장이 나온다면 올해보단 그 파문이 줄어들지 않을까. 그만큼 좌파적 주장이나 시각이 은연중에 확산되고 있다는 얘기이며, 아울러 그 세력의 실체를 인정하지 않을 수 없다는 말이다.

 평양 아리랑 공연을 보겠다고 나선 사람이 5000명에 육박한 것도 남한 내 좌파의 지분 확장과 무관하지 않다고 본다. 만삭의 몸을 이끌고 올라갔다가 평양산원에서 극적으로 출산한 아기 엄마가 나올 정도가 된 것이다. 물론 이들이 다 좌파는 아니지만 상황은 그렇게 흘러가고 있다.

 그러나 이 같은 변화를 그리 우려할 필요는 없을 것 같다. 어차피 사상이나 이념은 토론의 공개 시장에서 철저히 걸러지면서 그 실체가 더욱 적나라하게 드러나기 마련이다. 일방이 다른 일방을 완전히 압도할 수 없는 세력 분포라면 그 존재 자체를 깔아뭉갤 수는 없는 것이다. 우리 헌법 어디에도 우파는 되고, 좌파는 안 된다는 조항은 없다. 우파는 우파대로 또 우파답게, 좌파는 좌파대로 또 좌파답게 가면 된다. 개개 국민이 어느 쪽을 택할 것이냐는 그야말로 사상의 자유에 속한다.

 다만 여기서 반드시 짚고 넘어가야 할 문제는 이처럼 덩치가 커진 좌파가 자기 정체성을 제대로 확보하지 못했다는 점이다. 아울러 내부 통제력이나 여과 장치도 부족하다는 지적이 많다. 물론 이념의 속성상 이런 것들을 완전히 갖추기는 쉽지 않다. 또 세력이 갑자기 늘어나다 보니 제대로 정비할 시간적 여유가 없었을 것이다. 그렇기 때문에 지금부터라도 자신들의 모습을 다듬고 세련화 할 필요가 있다. 그래야만 좌파 이념의 건전성을 좀 더 확실히 찾을 수 있을 것이다.

우선 한국의 좌파는 이른바 주사파 내지 김일성 주체사상과는 다르다는 점을 명확히 해야 한다. 우리의 정체(政體)가 자유민주주의와 시장경제 체제를 기본 골간으로 하는 이상 이를 부정하는 것은 사상이나 표현의 자유 또는 학문의 자유라는 기본권의 영역을 넘어 반헌법적이고, 위헌임에 틀림없다. 우리 사회 구성원 가운데 북한 체제로의 통일을 주장하는 세력이 있는 것은 사실이지만, 이를 공개적으로 지지하고 동조 세력을 규합하는 행위까지 좌파로 봐 줄 수는 없다. 이것은 엄격한 법의 잣대로 심판해야 한다.

또 하나 시대 조류에 편승하는 사이비 좌파는 사라져야 한다. 실제 생활은 그렇지도 않은데 대중 앞이나 캠퍼스에서 좌파연하는 일부 지식인들과 운동권 출신 인사들은 그 이중적 가면을 벗어야 한다. 좌파는 우파보다 개혁적이고, 진취적이라는 대중조작을 통해 국민을 기망하거나 대중영합주의에 기생하려는 세력들을 철저히 걸러내야 한다. 이들 때문에 우리 사회의 이념 갈등이 실제 이상으로 확대 재생산되는 경우가 종종 있다. 설령 요즘에 좌파로 살아가는 게 더 실속이 있다고 하더라도 과거에 전혀 그렇지 않던 이들이 어느 날 갑자기 좌파를 흉내 내는 것을 보면 가증스럽기 짝이 없다. 그런 껍데기는 지금 당장 가라.
(2005.10.14.)

대통령이나 나가볼까

소설가 출신의 한 전직 의원이 지난번 대선 전에 이런 책을 쓴 적이 있다.

'나도 심심한데 대통령이나 돼볼까'

여기서 이 책 얘기를 꺼낸 것은 제목이 주는 묘한 느낌 때문이다. 냉소적인 데다 비아냥도 들어가 있다. 이 말에는 결국 대통령이 되겠다는 사람들의 실체를 뜯어보면 자격 없는 후보들이 수두룩하다는 의미가 담겨 있다. 그러니 차라리 내가 나가는 게 더 나을지 모른다는 정치적 허무가 깔려있다.

필자도 서문에서 이렇게 적고 있다. "대통령이 되겠다는 자들의 상태가 이 지경이고, 또한 그들을 축으로 움직이는 정치판이 이 정도라면, 심심해서 재미삼아 대통령이 되겠다고 하는 것과 무엇이 다른가?"

바야흐로 이런 계절이 다시 온 모양이다. 현직 대통령의 임기가 절반도 안 지났는데 여기저기서 차기가 누구냐 하는 논의가 활발하다. 아직까지 '돼볼까'하는 수준은 아니지만 '나가 볼까'하는 지망자들이 하나 둘씩 늘고 있다. 이들 후보군의 활동 또한 점차 구체성을 띠고 있다. 인터넷 홈페이지를 통해 또는 실제 행보를 통해 '나도 2007년 12월을 겨냥하고 있다'는 점을 거의 숨김없이 드러내고 있다.

이 같은 현상은 바람직한 측면이 많다. 대통령 자리를 희망하는 사람들이 저마다 '후보의 공개 시장'에 나와 자신의 상품성에 대해 철저한 검증을 받는 것은 지극히 당연하다.

대중적 인기는 인기대로, 자질과 능력은 그것대로 냉혹한 평가를 받는 것은 후보 자신은 물론 국민을 위해서도 권장할만하다. 그 기간 동안 장점은 살리고, 단점은 보완한다면 나중에 막상 대통령이 됐을 때 엉뚱한 고집이나 오기는 부리지 않을 지도 모른다.

또 후보자가 해명해야할 의혹이 있으면 국민을 상대로 이해를 구하되 그것이 받아들여지지 않으면 자동적으로 중도탈락 되는 과정을 거치면 더욱 좋다. 그런 절차가 2년 넘게 지속된다면 유권자들도 후회 없는 투표를 할 수 있을 것이다. 그래야 선거 직후부터 나오는 푸념도 사라질 것이다. 이민을 간다느니, 손가락을 잘라 버리겠다느니 하는 얘기도 없어질 것이다.

그러기 위해선 이들 후보군이 자유롭게 경쟁할 수 있는 건강하고 건전한 검증 마당을 만들어줘야 한다. 문자 그대로 시장논리가 엄격하게 적용돼야 한다. 게임의 룰이 지켜져야 한다. 적자생존의 원칙에 따라 막판까지 혹독한 평가 과정을 거친 후보들만 본선에 나갈 수 있는 풍토를 조성해야 한다.

이를 위해 무엇보다 중요한 것은 흑색선전을 없애는

것이다. 특정후보에게 흠집을 내기 위해 근거 없는 의혹을 뒤집어씌우는 구습이 그대로 있는 한 제대로 된 대통령을 뽑기에는 한계가 있다.

그런 차원에서 이른바 '무슨 무슨 풍(風)'은 사라져야 한다. 실제로 지난 2002년 대선에서 가장 큰 쟁점 가운데 하나가 소위 '병풍'이었다. 당시 한나라당 이회창 후보 아들의 병역비리 은폐 의혹이 그것이다. 그러나 이 의혹은 얼마 전 대법원의 최종 판결에 따라 명백한 거짓말로 드러났다.

그렇다면 지금은 어떤가. 불행하게도 우리 정치판은 아직 정정당당한 경쟁의 장을 마련하지 못하고 있는 것 같다. 물론 국민들도 학습효과가 있기 때문에 2002년판이 재탕, 삼탕 되지는 않겠지만 그래도 거름 장치가 제대로 작동하기에는 여전히 문제가 많다.

병풍의혹에 대한 판결이 나온 이후 얼마 지나지 않아 당시 이 루머를 사실인양 언론에 폭로한 김대업씨 명의로 된 사과상자가 한나라당에게 배달되는 사건이 버젓이 벌어지는 한 검증효과는 반감될 수밖에 없다. '한나라당이 그토록 사과받기를 원하니, 사과나 먹어라'는 식이다. 이것은 유머도 아니고, 개그도 아니다. 그저 저열하고 저급한 장난질에 불과하다. 뒷맛이 씁쓸한 구태가 아직도 횡행하는 현실이 갑갑할 따름이다. 또한 이를 질타하는 목소리가 적은 것도 답답하다.

이런 사소한 것부터 사라져야 보기 좋은 큰 판이 만

들어진다. 그래야만 다음 대선에선 '심심해서 뭐나 하겠다'는 사람이 또다시 나타나지 않을 것이다.
(2005.5.27.)

"모른다" "모른다"

'한보그룹 정태수 총회장 부자를 만난 적은 있다. 그러나 한보문제는 난 모른다. 시베리아 가스전 개발공사 얘기는 했지만 한보철강 문제는 거론조차 하지 않았다. 밑에서 보고받은 일도 없고 위에 보고한 사실도 없다'

한보그룹 특혜대출사건에 대해 알 만한 위치에 있었거나 현재 그 자리에 있는 정·관계 인사들은 한결 같이 모른다고 잘라 말하고 있다.

시중에서 의혹의 시선을 받고 있는 사람은 따져보면 그리 많지 않다. 당시나 지금의 경제부총리, 통상산업부장관, 청와대 비서실장, 청와대 경제수석, 은행감독원장, 산업은행 총재 그리고 외압이나 청탁이 먹혀들어갈 만한 거물 정치인 몇몇이 고작이다. 그래봐야 10명 선이다.

그런데 이들은 한보 알레르기 환자처럼 한보의 '한'자만 나와도 머리를 설레설레 젓는다. 내가 그 자리에 있을 때는 한보그룹에 전혀 문제가 없었기 때문에 이번 한보사태와는 전혀 관련이 없으니 이상한 눈으로 보지 말라는 식이다.

청와대 비서실장을 지낸 한승수 경제부총리는 "지난해 8월과 10월 정 총회장을 만났으나 대출문제가 아니라 가스전 개발에 대해 얘기를 나눴다"고 말했다. 신한국당 한이헌 의원은 "청와대 경제수석 재임시절 한보와 관련한 보고나 얘기를 들은 바 없다"고 밝혔다.

  이처럼 한보문제의 정책 결정라인에 있던 인사들이 무관함을 주장하는 상황에서 박재윤 전통산장관이 미국으로 떠났다. 박 전장관은 그곳에서 청와대 경제수석과 재무장관, 통상산업부장관을 지냈으나 개별기업의 일이기 때문에 한보의 문제점을 파악해 본 적이 없다고 해명했다.

  그렇다면 한보문제는 누가 일고 있는가. 5조7천억원의 대출은 어떻게 이뤄졌다는 말인가. 이 엄청난 일을 안다는 사람이 없다. 정 총회장과 시중은행장 선에서 모두 처리됐다면 누가 납득하겠는가. 검찰수사와 국회 국정조사가 주력해야 할 대목은 대출특혜 비리다. 그리고 진상규명을 위해서는 책임 있는 관련자들의 솔직한 고백이 필요하다.(1997.1.30.)

쟁점④-국익과 정권의 이익

親美와 反美와 批美

미국에 대한 비판이 끊이지 않는 것은 그만큼 미국이 강하기 때문이다. 사실 친미(親美)나 반미(反美)도 미국이 세기 때문에 생겨나는 게 아닌가. 물론 이 같은 비미(批美)는 친미나 반미와는 다르다. 어정쩡한 비미(非美)와는 더더욱 다르다. 미국을 비판한다는 것은 역으로 미국에 애정을 갖고 있다는 의미로 통한다.

지구상에서 유일한 슈퍼 파워로 군림하려는 미국의 야욕을 비판하는 목소리가 여기저기서 터져 나오는 것은 어제 오늘의 일이 아니다. 미국의 힘을 현실적으로 인정하면서도 다른 한편으론 그 오만방자함을 우려하고 있다. 미국이 참으로 대단한 절대강자라고 생각하면서도 동시에 거만하기 짝이 없다는 반감이 광범위하게 퍼져 있다. 미국의 헤게모니를 받아들이면서도 때로는 그것이 미국의 위협이요, 공갈이라는 느낌을 지울 수 없다.

스웨덴 스톡홀름 국제평화연구소(SIPRI)는 이런 현상을 좀 더 거시적으로 보았다. SIPRI의 최근 연례보고서는 "미국의 패권 추구 욕망은 전 세계를 전반적으로 불안정하게 만들었다"고 분석했다. 나아가 "미국의 적국은 물론 동맹국들 사이에서도 미국이 얼마나 더 이런 방향으로 나아갈지 우려하고 있다"고도 했다.

영국 BBC방송 앤드루마 정치부장은 이런 현실을 다소 감성적으로 표현했다. "미국이 초강대국으로 부상하면서 세계 인구의 4%에 불과한 미국인이 나머지 96%를 지배하고 있다"고 지적했다. 미 시사주간지 뉴스워크 객원 편집자인 엘리너 클리프트 같은 논객은 미국, 나아가 부시 행정부를 '기억할 수 있는 한 가장 오만한 정권'이라고 몰아세우기도 했다.

어쩌면 미국은 매일 쏟아지는 이런 비판과 질시를 먹고 사는지도 모른다. 이런 견제가 있기에 더욱 세련되게 그리고 조심스럽게 자신의 힘을 키워가고 있는 것 같다. 이 같은 미국의 힘은 무엇보다 막강한 군사력과 정보력에서 나온다. 전 세계를 자신의 손바닥 위에 올려놓고 좌지우지해야만 성에 찬다는 식이다.

이런 발상에서 미국은 전 지구를 몇 등분으로 나눠 이를 군사적으로 총괄하기 위해 모두 9개의 통합사령부를 운영하고 있다. 이 가운데 한반도를 포함한 아·태 지역을 관할하는 곳이 바로 하와이 호놀룰루에 본부를 두고 있는 태평양사령부(PACOM)다.

주한미군이나 주일미군은 모두 이곳의 통제를 받는다. 이 사령부가 보유한 '공식' 전력은 육군 6만, 해군 13만, 공군 4만, 해병대 4만 명에 전함 170척, 전투기 380대 등이다.

미국이 무섭다는 것은 이처럼 가공할 무력에서만 느

꺼지는 게 아니다. 군인이면 군인, 외교관이면 외교관 모두 미국의 패권주의에 대한 동맹국의 우려를 의식하고 있다.

그렇지만 그들의 사고와 행동은 늘 세계 제1주의를 밑바닥에 깔고 있다. 그들의 얘기가 언뜻 듣기에 기분 나쁠 수도 있지만 그 논리가 분명한데 어떻게 시비를 걸 수 있겠는가.

얼마 전 기자가 태평양 사령부를 방문했을 때 그곳에 근무하는 한 영관급 장교는 "미 육군 2사단을 한강 이남으로 배치하더라도 한반도 안전에는 전혀 문제가 없다"면서 "한국의 군사력이 얼마든지 그 공백을 커버할 수 있다"고 말했다. 최종 안보 책임은 역시 한국이라는 점을 강조한 것이다.

기자가 하와이에 머물고 있을 때 주한 부대사로 있다가 국무성 일본 과장으로 자리를 옮기는 에번스 리비어를 만날 기회가 있었다. 그 역시 "많은 한국 사람이 한국 내 반미 움직임을 걱정하고 있지만 그 문제를 해결해야 하는 쪽은 미국이 아니라, 바로 한국"이라고 못 박았다. 미국이 반미 시위를 심각하게 보고 있는 것은 사실이지만 결국 그것은 미국의 문제가 아니라 한국의 문제라는 지적이었다.

누가 친미건, 반미건, 또는 비미건 그것은 아무런 문제가 안 된다. 중요한 것은 어떤 노선을 취하더라도 미국과 미국인의 실체에 대해 더 많이 알 필요가 있다는 점이다. 우리가 미국에 대해 아는 것보다 미국이 우리에 대해 아는 것이 더 많다는 것은 분명한 것 같다. (2003.7.25.)

쟁점⑤-프라이버시권(표현의 자유와 공존)

이런 대통령 뽑지 맙시다

우리에게 위대한 대통령, 성공한 대통령이란 무엇인가. 또 최악의 대통령, 실패한 대통령이란 어떤 경우를 말하는가.

역대 대통령이 정치를 잘했는지, 못했는지에 대해 순위를 매기는 일은 미국에서 활발하게 이뤄지고 있다. 가장 훌륭한(best) 10, 가장 형편없는(worst) 10 등이 그것이다.

미국에서 그 최초의 리스트는 지난 1948년에 나온 것으로 알려져 있다. 당시 하버드대학 아서 슐레진저 교수가 55명의 유명한 역사가들에게 역대 대통령에 대한 평가를 요청했다. 반세기가 지난 후 그의 아들 슐레진저 2세가 32명의 전문가들에게 아버지와 똑같은 질문을 던졌다. 놀라운 것은 결과였다. 세월이 흘렀고, 새 대통령이 여러 명 등장했지만 위대한 대통령은 거의 그대로였고, 끔찍한 대통령 역시 거의 변하지 않았다는 것이다.

그만큼 대통령에게 필요로 한 덕목은 시대 변화에 민감하지 않은 것 같다. 평범한 사람들이 느낄 때 그 정도는 돼야 대통령감이라는 그런 일반적인 조건을 갖춰야 한다는 것이다. 반대로 절대로 있어서는 안 되는 악덕의 조건 역시 대단한 것이 아니다. 그래서야 어떻게 일국의 대통령이 될 수 있겠느냐 하는 그런 것들이다.

볼티모어 유력 신문인 더 선(The Sun)에서 15년간 기자생활을 한 뒤 상원의원 보좌관을 거쳐 역대 미국 대통령을 연구하는 네이슨 밀러는 지난 1998년 '미국 최악의 대통령 10인'이라는 책을 펴냈다. 물론 저자의 주관적 판단이 크게 작용했지만 여러 가지 자료와 분석을 토대로 과거 대통령 가운데 가장 일을 못한 10 명을 가려냈다. 윌리엄 태프트, 캘빈 쿨리지, 워런 하딩, 리처드 닉슨 등이 그들이다. 이 책의 옮긴이(김형곤 당시 건양대 교수)는 정치적 색채를 살짝 가미해 번역서의 제목을 '이런 대통령 뽑지 맙시다'로 달았다.

그렇다면 이들은 왜 이런 오명을 뒤집어썼는가. 대답은 간단했다. 지도자로서 갖춰야할 가장 일반적인 조건에 미치지 못했기 때문이다.

감히 넘볼 수 없는 높은 수준의 덕목에 도달하지 못해서가 아니었다. 이들이 부족했던 대목을 정리해보면 그것은 차라리 상식에 속한다. 독선, 안하무인의 정치, 상생의 정치 무시, 우유부단, 미래에 대한 비전 부족, 부도덕성, 대통령에 대한 불신 초래, 국민 신뢰 상실 등 하나하나 따져보면 평범하기 짝이 없는 조건이다.

대선이 50일도 채 안 남았다. 여전히 부동층이 20~30%에 달한다. 민주당 노무현 후보가 이인제 의원을 꺾었을 당시 그를 밀었던 그 많던 지지자는 지금 어디로 갔는가. 월드컵 4강 진출 직후 정몽준 의원을 선택했던 그 많던 유권자는 또 어디에 있는가. 한나라당 이회창 후보가 이 나라의 대통령이 돼야 한다고 믿는 사람은 왜 더 늘어나지 않는가.

아마도 대다수 국민은 과연 누가 이 시대를 제대로 이끌고 갈 대통령 감이냐를 놓고 고심하는 것 같다. 이들은 좀처럼 의중을 드러내지 않는다. 그러나 어떤 형태로든 후보들을 검증하고 있는 게 분명하다. 누구를 뽑아야 가장 좋은 대통령이 될 것이냐를 본다. 나아가 누구를 뽑지 말아야 최악의 대통령을 피할 수 있을 것인가도 생각한다.

최선의 후보가 없다면 차선의 인물도 있겠지만, 최악의 대통령을 피하기 위해 차악을 선택할 수도 있다.

그런 의미에서 각 후보 진영은 적극적 지지자를 확보하는 것도 중요하지만 절대적 기피 계층을 가급적 줄이는 것도 중요하다는 점을 인식해야 한다. 그것이 지역표일 수도 있고 아닐 수도 있다. 그러나 특정 후보가 대통령이 되는 것은 죽어도 못 보겠다는 사람이 일정한 세력을 형성하고 있다면 그것은 그가 대통령이 되더라도 국정 운영의 장애물이 아닐 수 없다. 5년 전이나, 지금이나 누가 되면 이민 운운하는 말이 나오는 것도 이 때문이다.

이제 선택의 시간이 점점 다가오고 있다. 누구를 찍을 것인가에 대한 판단의 폭을 점차 줄여가야 할 시점이다. 그래도 결정이 어렵다면 이것 한 가지만 유념했으면 한다. 이번에는 제발 나중에 후회하는 투표는 하지 말자는 것이다. 우리 가운데 많은 사람은 몇 차례 이를 경험하지 않았는가. 찍고 나서 후회하는 그런 선택을 피한다면 우리는 최소한 최악의 대통령은 뽑지 않을 수 있을 것이다. (2002.11.1.)

거대 집단의 오만

삼성그룹과 국정원이 지금 당하고 있는 험한 꼴은 자승자박적인 측면이 강하다. 일이 이 지경까지 이르게 된 데에는 이들 거대집단의 책임이 적지 않다. 이들은 '불법 도청 때문에' 또는 '과거에 저질러진 일'이라며 자기들이 피해자라고 주장할지 모르지만, 가해자라는 비난을 피하기 어렵다. 국민이 느끼는 감정은 이들을 순수한 피해자라고만 봐줄 수 없다는 것이다.

삼성이 어떤 집단인가. 어디를 가나 그 이름만으로도 절반은 거저먹고 들어가는 게 삼성이다. 제품 생산이든, 아파트 건설이든 심지어 병원이나 골프장 운영마저 삼성이 한다면 그것으로 다 통한다. 그만한 사회적 공신력과 신뢰를 쌓기 위해 구성원들이 노력한 점은 십분 인정한다.

그러나 살아 있는 권력을 붙잡으려는 종래 타성은 좀처럼 버리지 못했다. 그것이 상당 부분 한국 정치가 제공한 구습에서 기인한다는 점을 감안하더라도 초일류기업을 자부해온 삼성이 취할 자세는 아니었다. 이번 도청테이프에서 드러난 대선 자금은 1997년 때 것이다. 당시에 삼성은 이 문제로 고생은 고생대로 했고, 물의는 물의대로 빚었다. 그럼에도 삼성은 2002년 대선 때도 과거와 똑같은 행태를 반복했다. 수백억 원의 선거자금을 또 뿌렸던 것이다. 기업경영에서 그토록 강조해온 합리성과 도덕성은 위기에 놓였다.

국정원은 어떤가. 자타가 공인하는 최대·최고의 정보 기관이다. 세계 어디에 내놓더라도 뒤지지 않는 관리 시스템과 인적 자원을 갖고 있다. 그러나 시대 변화에 따른 자기 변혁에는 성공하지 못했다. 안기부라는 오명을 벗기 위해 조직의 명칭을 바꾸고, 개혁이란 이름 아래 인적 물갈이를 거듭했다. 그러나 과연 변한 게 무엇이냐는 물음에는 내놓을 대답이 군색해진다. 그렇게 쇄신과 청산을 외쳤지만 결과물은 거의 없었다. YS 정부의 안기부 적폐를 DJ 정부의 국정원이 깨지 못했고, 노무현 정부도 DJ 정부의 잔재를 걷어내지 못했다. 문자 그대로 '국가 안전'을 기획하지도 못했고, '국가정보'를 관리하지도 못했다.

이들 집단이 이렇게 된 것은 무엇보다 자만과 오만에서 비롯된다. 이는 결과적으로 편견을 낳게 된다. 감히 누가 우리를 건드리느냐가 그것이다. 그러다보니 자기성찰에 게을렀다. 어쩌다 일이 터지면 그때만 넘기고 보자는 땜질로 일관했다. 더 불행한 것은 이들을 견제할 수 있는 사회적 통제 장치가 거의 없다는 점이다. 삼성은 광고시장을 장악했고, 국정원은 국가정보를 독식했다. 여기다 막대한 자금력과 국가예산이 받쳐줬다. 그런 점에서 언론은 적지 않은 한계에 부닥

처왔다. 보다 효과적으로 감시하지 못하는 결과를 낳았다. 정부나 의회 역시 체계적으로 견제하지도 못했다.

이처럼 일등 기업 삼성의 독주는 언제까지고 계속될 것으로 믿었다. 일류 기관 국정원의 아성 또한 좀처럼 무너지지 않을 것으로 판단했다. 그런 만큼 이들 집단은 내부적으로 견고한 자기 방어벽을 쳤다. 자신들의 독점적 지위를 지속적으로 누리기 위해서였다.

그러나 영원한 절대 강자는 존재하지 않는다. 그 공고함을 깨는 충격은 외부에서 왔다. 그것도 아주 강하게 밀어닥쳤다. 또 이런 사태가 이렇게 빨리 올 줄은 아무도 몰랐다. 그렇지만 현재 벌어지고 있는 일련의 상황은 결코 우연이 아니다. 필연의 산물이라고 봐야 한다. 내부에서 스스로 변화 요인을 제공하지 못하다 보니 밖에서 자극이 가해진 것이다. 이번 사태가 재수 없게 터진 것으로 치부해선 곤란하다. 도청 때문에 또 언론 때문에 이렇게 됐다고 불평할 것은 더 더욱 아니다.

삼성과 국정원은 이제 자신들을 뒤돌아봐야 한다. 이번에야말로 터질 게 터졌다는 인식을 분명히 해야 한다. 그래야 제대로 된 반성을 할 수 있다. 또 해결책이 나온다. 삼성과 국정원 같은 조직을 한 나라가 갖기 위해선 얼마나 많은 시간과 노력이 필요한가를 잊어선 안 된다. 이들은 더 이상 특정인이나 특정 정부의 것이 아니다. 국민 모두의 것이다. 그런 만큼 앞으

론 국민의 기업, 국민의 기관이라는 칭송을 듣기 위해
절치부심해야 한다. 그러기 위해선 무엇보다 이번에
국민에게 준 마음의 상처를 떳떳하게 갚아야 한다. 진
정 일등으로 가는 길은 이제 시작된 것이다.
(2005.8.5.)

지역감정 보도의 이중성

 선거보도를 주관하는 정치부 데스크 입장에서 가장 고약스런 대목은 뭐니 뭐니 해도 지역감정 조장 발언을 어떻게 처리하느냐는 것이다. 보도하자니 그렇고, 안 하자니 더욱 그런 게 바로 지역감정을 부추기고 들쑤시는 말이다.

 그것이 '부산 앞바다의 잘려진 손가락'식으로 지극히 저질스러운 것이든, 아니면 '우리가 남이가'식의 좀 더 점잖은 것이든 지역감정을 건드리는 발언이 갖는 전파력은 가히 폭발적이다. 선거비용의 경제논리로만 본다면 이것만큼 돈이 안 들면서 효과가 큰 방법은 없다.

 사실 지역감정은 3명의 김씨와 불가분의 관계에 있다. 누가 뭐래도 지역감정의 최대 수혜자는 3김이다. 피해자라는 일부 지적도 있지만 어쨌든 그들이 대통령이 되고, 또 지금까지도 정치판에 남아 있는 데는 이 지역감정의 덕을 톡톡히 본 측면이 강하다. 아울러 이들 3김이라는 존재 때문에 지역감정 조장 발언은 별다른 여과 없이 언론에 그대로 보도됐는지 모른다. 또 3김은 이런 유형의 보도를 내심 어느 정도 즐겼을 수도 있다. 지역감정은 그것을 보도하는 것 자체만으로도 충분히 지역감정을 촉발할 수 있는 묘한 이중성을 갖고 있다.

그러나 시대는 이제 바뀌고 있다. 그들은 도도한 대세에 어느덧 밀려나고 있다. 그러나 지역감정은 여전히 그 날카로운 발톱을 숨긴 채 선거판을 노리고 있다. 과거 3김 시대처럼 노골적이진 않지만 틈만 나면 언제든지 본색을 드러낼 것 같은 그런 형국이 지속되고 있다. 따지고 보면 박근혜 신당 같은 정치권의 이합집산도 대통령이 될 만한 영남 후보가 없다는 지역정서의 틈바구니를 노리는 성향이 짙다. 또 지난주 1차전을 치른 민주당 대선후보 경선에서도 이런 지역색은 어김없이 표출됐다.

그렇다면 언론은 언제까지 지역감정 조장을 방치할 것인가. 이번에 또다시 어느 누군가의 입에서 특정 지역의 정서를 자극하는 발언이 나올 경우 이를 지난번처럼 그대로 쓸 것인가, 아니면 아예 취급조차 하지 말아야 할 것인가.

얼마 전 중앙 언론사 정치부장들이 모여 선거보도와 관련한 세미나를 가진 적이 있다. 이 자리에서 많은 데스크가 가장 고민한 문제는 역시 지역감정에 대한 보도 태도와 방식이었다.

어느 부장은 "지역감정에 관해 쓰는 것 자체가 지역감정 조장이니 한 줄도 쓰지 말아야한다"고 주장 했고, 다른 부장은 만약 자신의 신문이 보도하지 않았다가 다른 신문에 보도되면 "결국 뒤따라 보도하지 않을 수 없는 것 아니냐"는 고충을 털어놓았다. 또 다른 부장은 "상황에 따라 그때그때 판단해야 한다"며 역시 어려움을 토로했다. 결국 이들의 얘기를 종합해보면 과거의 보도 양태처럼 누가 얘기한다고 무조건 기사화하는 것은 안 된다는 잠정 결론에 도달하게 된다. 그만큼 유권자의 의식은 변했고 언론의 보도관도 바뀌고 있다는 반증이다.

선거를 일선에서 보도하는 현장 기자 역시 이번에야말로 지역감정 조장 발언을 뿌리째 뽑아야 한다는 의욕을 갖고 있다. 그렇다고 무조건 보도하지 않겠다는 소극적 자세는 발본색원에 전혀 도움이 되지 않는다. 발언의 경중은 물론 그 발언이 나오게 된 경위와 배경을 철저히 파악해 지극히 제한적 범위 내에서 보도할 필요는 있다고 생각한다. 다만 검증 과정에서 도저히 묵과할 수 없는 저질 발언이라는 판단이 내려졌을 경우에는 발언자와 발언 내용을 혹독하게 비판하고 질타하는 것이 재발 방지에 효과가 있다고 본다. 그야말로 발언에 대한 비판보도로 인해 거꾸로 명예훼손 혐의로 피소될 지경에 이를 정도까지 강도를 높일 생각이다.

본보는 지난달 23일자에 사고(社告)를 냈다. '2002 양대 선거 10대 준칙'이 그것이다. 금년에 치러질 지방선거와 대선을 취재·보도하는 과정에서 기자들이 지켜야 할 일종의 강령이다. 여기서 명백히 밝혔듯이 본

보는 우리 선거풍토에서 가장 고질적인 병폐로 지적
돼온 흑색선전과 지역감정 조장을 없애기 위해 사운
을 걸고 총력을 쏟기로 했다. 대표적 선거해악을 끝까
지 추적 보도함으로써 새로운 선거문화 정착에 조금
이라도 기여하겠다는 각오를 다시 한 번 다지고 있다.
유권자의 깨어 있는 의식과 철저한 감시가 절대적으
로 필요한 시점이다.(2002.3.12.)

보도의 객관성과 공정성(Ⅱ)-공천보도

공천권을 정당에 맡긴 까닭

 지방선거는 왜 재미가 없을까. 5·31선거가 두 달 앞으로 다가왔지만 유권자들로부터 철저히 외면당하고 있기에 하는 말이다. 자기가 살고 있는 지역의 시장과 구청장을 자기 손으로 뽑는 자치행사가 흥겹지 못하고 정당만의 집안싸움으로 변질되고 있다.
 광역 및 기초 자치단체장과 의원 등 이른바 4대 동시 지방선거가 처음 시작된 것이 1995년 6월이니 벌써 11년이나 됐다. 선거로는 올해가 네 번째다. 10년이나 지난 우리의 지방선거는 이제 어느 정도 자리잡을 때도 됐다. 그러나 여전히 불신과 냉소의 대상이 되고 있다.
 이러다간 이번에 최악의 투표율이 나오는 게 아니냐는 우려가 많다. 역대 지방선거 중 가장 낮았던 2002년 6월의 48.8%보다 더 떨어질지 모른다는 데 문제의 심각성이 있다. 참고로 1995년은 68.4%였고, 1998년은 52.7%였다. 사실 투표율이 50%도 안 된다는 것은 선거의 의미가 사실상 실종된 것과 마찬가지다. 그런 만큼 이번에도 40%대를 기록한다면 지방자치제의 본질마저 심하게 도전받게 될 것이다.

이 같은 사태를 초래했고, 따라서 이를 개선할 1차적 책임은 무엇보다 정당에 있다. 정당은 막강한 공천권을 갖고 있기 때문이다.

정당공천제의 장단점에 대해 논란이 숱하게 제기돼 왔으나 지금까지의 결론은 불가피성이 우세하다. 정당에 공천권을 주는 것도 문제지만 주지 않는 것은 더 큰 문제라는 논리다.

그렇다고 이것이 너희들 맘대로 해도 좋다는 의미는 결코 아니다. 가장 중요한 취지는 공천 과정의 투명성을 지켜야 한다는 의무를 정당에 부과한 것이다. 그럼에도 잡음과 비리와 부패는 항상 여기서 비롯된다.

밀실·야합, 낙하산에서부터 심지어 사천(私薦)에 이르기까지 온갖 추잡한 행태가 난무한다. 추태는 이것으로 끝나지 않는다. 물어뜯기식 비방전은 다반사이고, 탈당과 배신 그리고 다른 정당 입당이라는 이미 공식화된 악순환이 이어진다. 여기저기서 이름하여 정치 철새들이 날아다닌다.

여야의 누워서 침 뱉기가 요즘 들어 더욱 기승을 부리고 있다. 시간이 갈수록 그 도는 더해가고 있다. 국민이 보든 말든, 언론이 질타하든 말든 공천을 둘러싼 더러운 이전투구는 그칠 줄 모른다.

정당은 또 제대로 된 후보를 내세워야 할 책무가 있다. 누가 봐도 저 정도면 시장감이 된다는 괜찮은 사람들을 발굴, 유권자들 앞에 보아란 듯이 내놓아야 한다. 그래야 정당에 대한 신뢰가 생기고, 단체장에 대한 믿음이 생긴다. 그것은 곧바로 지방자치제의 착근과도 연결된다.

그러나 돌아가는 판은 영 글러먹은 것 같다. 도대체 좋은 사람들이 눈에 들어오지 않는다. 시·도지사 출마용으로 장관 자리를 준 뒤 그 정도 경력이면 출마해도 좋으니 이제는 자리를 내놓고 출마하라고 채근한다. 그들은 으레 그렇게 하는 게 장관을 시켜준 임명권자에 대한 도리라고 생각한다.

서울시장 후보만 해도 그렇다. 한쪽에선 단순히 여론조사 결과가 높다는 이유로 그럴 듯한 스타일의 한 여성에게 매달려 있다. 그가 과연 서울시를 끌고 갈 수 있느냐 하는 문제는 애당초 논의조차 되지 않았다. 다른 쪽에선 흡사 공천만 받으면 서울시장은 떼어논 당상인 양 중진 의원들끼리 치고받고 난리다. 외부의 유능하고 참신한 인사들이 들어갈 틈을 주지 않는다. 아예 얼씬 조차 못하게 원천적으로 봉쇄하고 있다.

사정이 이렇다보니 좋은 사람들이 나서고 싶어도 엄두가 나지 않아 중도에 포기하는 경우가 허다하다. 설령 마음을 굳게 먹더라도 그 다음은 거대한 구태에 막히게 된다. 어떤 때는 몸으로 때우고, 어떤 때는 돈으로 메워야 한다. 차라리 때려 치는 게 낫다는 얘기가 절로 나온다.

정당이 제 역할을 할 때 비로소 국민의 사랑을 받게 된다. 선거 때까지 얼마 남지 않았지만 조금이라도 유권자를 생각하는 정당의 모습을 보여주었으면 좋겠다.

(2006.3.31.)

쟁점⑧-촌지와 기자윤리

대박과 올바른 財物觀

대박을 향한 우리 사회의 풍속도를 한마디로 표현하면 그것은 바로 집념이다. 지칠 줄 모르는 떼돈에의 추구와 갈망은 가히 필사적이다. 한탕 크게 챙기려는 그 끊임없는 행렬은 오늘도 도처에서 이어지고 있다.

복권을 사는 것은 차라리 소박하다. 강원랜드 카지노에서 잭팟을 터뜨리거나 주식시장에서 한 몫 챙기려는 욕심은 비록 그것이 탐욕이라 하더라도 더럽지는 않다. 추악한 것은 대박을 노리고 불나방처럼 마구잡이로 머리를 들이미는 맹목성에 있다. 돌고 도는 세상사가 돈 놓고 돈 먹기라고 하지만 요즘 곳곳에서 출몰하는 대박증 환자의 증세는 그저 한탕주의라고 치부하기에는 치유가 어려운 지경에 빠져 있다.

눈만 뜨면 한 건 터뜨릴 게 없나 하는 대박 편집증에 빠져 있는 사람들이 갈수록 늘고 있다. 한건주의, 한탕주의는 이제 우리 사회에서 일상화·일반화되고 있다. 이를 가치관의 몰락이라고 비판하는 것조차 구시대적으로 몰리기 일쑤다. 최소한의 선은 넘지 말아야 함에도 그 선은 없어진지 오래다.

설령 봉이 김선달이 대동강을 팔아먹는 대사기극을

벌였음에도 그에게는 나름의 윤리와 가치관이 있었다. 욕심을 갖되 절제하는 현명함이 있었고, 돈의 비극에 빠지지 않는 지혜가 있었다. 도리어 대동강을 사들여 억만장자를 꿈꾼 평양 부자야말로 돈이 갖는 양면성을 전혀 체득하지 못했던 어리석은 인간이었다.

이처럼 돈에 얽힌 우리 선조의 삶을 조명해보면 그곳에는 분명 올바른 재물관(財物觀)이 자리 잡고 있었다. 남편은 두레박, 아내는 항아리라는 말처럼 돈이란 모름지기 우물에서 한 바가지씩 물을 길어 항아리에 차곡차곡 붓는 것이라는 속성을 인식하고 있었다.

그러나 요즘은 이런 평양 부자가 문제가 아니다. 보다 더 심각한 것은 대박에 너무 집착한 나머지 범죄 행위까지 서슴지 않는다는 점이다. 얼마 전 경찰에 구속된 의류업체 경리 여직원의 행각은 인간이 대박에 대한 탐욕으로 얼마나 처참하게 망가지는지를 극명하게 보여준다.

스물다섯 살의 이 여직원이 회사에서 빼낸 돈은 12억 2000만 원. 한 달 용돈이 유흥비 1500만 원을 포함해 4500만 원. 그러다보니 돈을 어떻게 하면 많이 그리고 빨리 써버릴까 하는 궁리만 했다. 550만원 짜리 밍크코트에 280만원 짜리 카르티에 시계를 샀고 남자 친구에게는 3500만원 짜리 승용차를 선사했다. 성형외과에서 가슴을 키우고 코를 높이고 눈을 고쳤다. 결국 나중에는 빚까지 지는 참담한 지경에 몰리게 됐다.

좀 배웠다는 사람의 대박 조급증은 규모가 더 크다. 그만큼 피해자는 훨씬 많다. 명문대를 나온 30대 증권사 직원이 1년 동안 주가조작으로 200억 원이라는 일확천금을 노리다 끝내 인생을 망친 경우는 그래서 씁쓸한 뒷맛을 남긴다. 돈을 부리는 것이 아니라, 돈에 놀아난 그의 무절제 행각 뒤에는 수천, 수만에 달하는 개미 투자자들의 한숨과 탄식이 쌓여만 갔다.

물론 대박 추구가 무조건 나쁘다는 것은 아니다. 일정한 게임의 법칙 속에서 건전한 모험정신과 창의적인 아이디어로 빅 히트를 친다는 것은 권장할 만한 일이다. 그것이 기술개발이든, 제품생산이든 아니면 문화적 창작품이든 간에 정직한 대박은 국부 증가와 곧바로 연결된다. 이는 또 자유민주주의와 시장경제의 원천이며 원동력으로 작용한다.

그런 의미에서 지금 우리는 자유민주주의와 시장경제체제에 대한 더욱 명확한 인식과 해석이 필요한 시점이다. 사회를 이끌어가는 이 거대한 양축에 대해 너나 할 것 없이 모두가 안다고 하지만 우리는 아직 체계적인 습득과정을 거치지 않아 자기 것으로 만들지 못했다. 사실 떼돈 욕심에 기인한 모든 범죄가 이들 체제에 대한 몰이해에서 비롯된 것이다.

서구 자본주의에도 이런 형태의 범죄가 없는 것은 아니지만 김우중씨의 예에서 극단적으로 볼 수 있듯이 상당수 재벌의 후안무치한 부의 축적을 지켜본 우리에게는 더욱 절실한 문제라고 하겠다. 이를 통해 돈이 돈으로서 대접을 받고, 돈이 돈으로서 힘을 발휘할 수 있는 사회적 풍토와 분위기가 하루속히 조성돼야 한다.

보편적이고 국제적인 수준에 걸맞은 자유민주주의와 시장경제체제를 근간으로 올바른 재물관과 이재관을 확립할 때만이 우리는 대박 환상에서 자유로울 수 있다. (2001.2.10.)

쟁점⑨-취재원 보호(대북문제 보도)

전후 50년과 남북정상회담

소설가 이문열씨의 장편소설 '변경'은 6·25의 상흔을 담고 있다. 공산주의에 심취한 인텔리겐차를 아버지로 둔 4남매가 반공의 시대에 겪어야 했던 처절한 시련과 애환을 그리고 있다. 그 아버지는 해방 전후 좌파에 몸담았고, 한국전이 터지자 인민군 사령관으로 활동하다 결국 휴전 이후 월북하게 된다. 빨갱이 타도가 국가과제였던 시절에 그런 아버지가 북에서 꽤나 높은 자리에 있었다면 이들 남매의 삶은 지난할 수밖에 없었다.

나중에 알려졌지만 이씨는 실부(實父)를 염두에 두고 이 아버지를 작품화했던 것 같다. 실제로 이씨는 전쟁중 월북한 아버지 이원철 씨를 만나기 위해 백방으로 노력한 끝에 지난해 8월 중국 옌지까지 들어갔으나 이미 작고했다는 소식만 들었다고 한다.

비록 헌법상 연좌제가 폐지됐지만 '붉은' 꼬리표는 한국전에서 파생된 최악의 부산물 가운데 하나임에 틀림없다. 한 번 달리면 좀처럼 떨어지지 않았다. 선거 때마다 사상 문제는 단골 메뉴였다. 이른바 '레드 콤플렉스'는 사회 전반에 거미줄처럼 쫙 퍼져 여기에 걸려든 사람은 아무리 발버둥 쳐도 빠져나오지 못했다.

역설적으로 얘기하면 김대중 대통령이 이 붉은 색을 지우기 위해 얼마나 노력했던가. 아마도 이것 때문에 대통령이 되기까지 훨씬 많은 시간이 필요했을 지도 모른다.

그렇지만 한국전이 가져온 굴곡이 어찌 이씨의 통곡이나 김대통령의 회한뿐이랴. 우리 삶의 구석구석에는 전쟁의 흔적은 뚜렷이 남아 있다. 다만 그것이 눈에 보이느냐, 보이지 않느냐의 차이뿐이다. 이산가족,전쟁포로,월북자,납북자,탈북자,귀순자,국가보안법,판문점,155마일 비무장지대 철조망 그리고 주한미군 등등 눈에 보이는 것은 하나 둘이 아니다. 더구나 '양키'로 불렸던 미군 문제는 이미 우리 사회의 한 부분으로 자리 잡고 있고, 굴절의 역사 50년에서 빼놓을 수 없는 대목이다.

폭풍이라는 암호명으로 3년1개월 동안 지속된 6·25의 인적 손실은 남한 230만, 북한 292만, 유엔군 15만, 중국군 90만 명. 이 수치에서 보듯 6·25는 동족끼리의 전쟁만은 아니었다. 당시에는 우리에게 도움을 주었지만 그 이후 미군은 우리의 생활양식과 사고방식을 상당부분 규제해왔다. 좋든 나쁘든 청소년과 성인문화에도 깊숙이 파고들었다.

서울의 한복판을 깔고 앉은 미군 기지는 우리를 늘 억눌러온 느낌이다. 대도시의 개발을 저해한 것은 접

어두고라도 회색 도시의 답답증을 가중시켰다. 나아가 주한미군은 범죄와 환경오염이라는 또 다른 부작용을 낳았다. 경기 화성 매향리 사격장이 그렇고, 얼마 전 미 성조지가 보도한 발암물질 석면오염도 그렇다. 한국여자를 상대로 한 성범죄와 패륜적 행동은 이제 다반사가 됐고 심지어 미군 장교가 마약밀매에 가담하는 충격적인 사건까지 벌어졌다.

그럼에도 남들이 뭐라고 하든 신분과시용으로 승용차 앞 유리에 미군기지 출입증을 붙이고 다니는 친미 인사들이 줄을 이었다. 미군이 경영하는 골프장에서 골프를 쳤다며 우쭐해하는 한심한 족속도 적지 않게 나오고 있다.

그러나 이런 것들과는 달리 눈에 보이지는 않지만 지난 반세기 동안 우리를 무겁게 짓눌러온 깊은 상처가 하나 있다. 동족간 불신과 적대감이 그것이다. 이는 분단체제의 고착화로 이어졌다. 대립상태를 허물기 위한 움직임이 끊임없이 있었건만 그 두꺼운 벽은 끄떡도 하지 않았다. 때로는 뭔가 변화의 구멍이 생기는 듯 하다가도 다시 들여다보면 그 벽은 조금도 변하지 않은 채 그 자리에 놓여 있었다.

그런 전쟁이 있은 지 꼬박 50년 만에 다시 한 번 동강난 허리를 연결하려는 커다란 시도가 이뤄진다. 이번 것은 과거의 것과는 우선 질적인 면에서 엄청난 차이가 있다. 남북정상회담. 남과 북의 최고 통치권자가 마주 앉는다는 것 자체만도 가슴이 벅차오른다. 그것도 6·25를 불과 열흘 정도 앞둔 시점에서, 한쪽이 전쟁 당사자의 아들이라는 다소 감상적인 요소까지 가미되면 묘한 느낌마저 준다.

지금 정상회담을 앞두고 남북이 바쁘게 움직이고 있다. 미국과 중국, 일본도 분주하다. 김대중 대통령을 통해 김정일 국방위원장에게 전달할 메시지가 한두 가지가 아닐 것이다. 그만큼 이번 정상회담은 6·25 이후 한반도의 최대 사건으로 기록될 만하다.

모든 일이 그렇지만 첫 술에 배부를 수는 없다. 그렇다고 단순한 만남에 그쳐서도 안 된다. 이번 만남이 한국전은 물론 그 이후 50년간의 현대사를 제대로 쓸 수 있는 중요한 계기로 발전됐으면 하는 마음 간절하다. (2000.6.3.)

'개'욕 안 나오는 한해 되길

개띠해 초입이니 우선 개 애기 하나. 조선시대 초기부터 구전돼온 우리네 선비들의 해학 가운데 이런 게 있다고 한다. 수캐가 오줌을 눌 때 왜 하필 뒷다리 하나를 드느냐하는 것이다.

이야기는 대충 이렇다. 옛날에 원래 개다리는 3개였고, 대신 가마솥(鼎)은 4개였다. 아무래도 불편한 쪽은 개였고, 그래서 천지신명께 호소했다. "여기저기 다니면서 많은 일을 하는 개는 다리가 3개인데, 늘 가만히 있는 솥은 4개라는 것은 너무 불공평하다" 그 결과 가마솥에서 다리 하나를 떼어내 개한테 붙여주었다고 한다. 이 다리 하나는 개에게 너무나 소중했고, 그 후부터는 오줌을 눌 때 오줌이 튀지 말라고 항상 뒷다리를 든다는 것이다.

개는 이처럼 고마움과 감사함을 아는 동물이다. 다소 썰렁하게 들리겠지만 황우석 박사가 복제개(犬) 스너피를 만든 것도 혹시나 개의 이런 특성을 보다 더 살리려고 한 것은 아닐는지. 마침 개띠해인 만큼 이 스너피만이라도 진짜로 밝혀졌으면 좋겠다. 이렇게 개는 늘 인간과 가까움에도 불구하고 우리의 대표적인 욕이 이 '개'자가 들어가 있는 것은 참으로 묘하다.

욕설과 관련해 한 지인은 "이번 연말연시처럼 욕을 많이 한 적도 없었다"며 욕설 한마디를 또 내뱉었다. 황우석 논문 조작 파문에서부터 특정인의 장관 기용에 이르기까지 짜증나는 일이 너무 많았다는 것이다. 그러다보니 몇 가지 욕이 입에 붙어 다녔다는 푸념이었다.

사실 따지고 보면 '개XX'는 욕 중에서 그리 독한 것은 아니다. '친구'나 '신라의 달밤'류 같은 방화들을 보면 이 욕은 그저 일반 대사 속한다. 이런 경미한 욕 말고 아마도 가장 센 욕설은 '육시랄 놈'일 것이다. 육시(戮屍)는 반역을 꾀한 죄인의 사지를 소나 말에 묶은 채 사방으로 달리게 해 사지를 찢어 죽게 하는 가공할 만한 형벌을 말한다.

개든 육시랄이든 욕할 때는 당장은 속이 후련하지만 그것이 일단 입을 떠나버리면 그 뒤에 남는 것은 공허함뿐이다. 그 허탈감이 크든, 작든 욕을 해본 사람이라면 다 느끼는 감정이다. 이런 인간의 심리상태를 러시아의 문호 막심 고리키는 이렇게 꿰뚫고 있다.

"욕설은 한꺼번에 세 사람에게 상처를 입힌다. 욕을 먹는 사람, 욕을 하는 사람, 욕을 전하는 사람. 그러나 여기서 가장 큰 상처를 입는 사람은 욕설을 뱉는 바로 그 사람이다"

알다시피 욕이란 일상생활에서 나오는 것도 있지만 위정자들의 국정운영을 지켜보면서 터져 나오는 경우도 허다하다. 그러다보니 대통령은 늘 국민의 욕을 먹게 마련이다. 잘한 것은 잘한 것이지만, 잘못한 것을 두고 국민은 그냥 지나치지 않기 때문이다.

이처럼 나랏일을 하다보면 자의든, 타의든 욕을 먹게 돼 있지만 문제는 두 가지다. 하나는 얼마나 욕을 덜 먹느냐하는 것이고, 다른 하나는 먹더라도 얼마나 약한 욕을 먹느냐하는 것이다. 막말로 노무현 대통령이 금년에 잘하면 보다 약한 욕을 보다 덜 먹을 것이요, 그렇지 않고 작년보다 더 '개판'을 치면 욕설의 강도는 세지고 양도 많아질 것이다.

고리키의 지적대로 욕먹는 대통령보다 욕하는 국민이 더 불쌍하다. 끓어오르는 화를 참지 못하니까 욕이 나오는 것이다. 그런 만큼 힘없는 국민의 심정을 조금이라도 생각한다면, 가급적 욕이 덜 나오게 해주는 것이 대통령의 책임이다. 그럼에도 연초부터 돌아가는 꼴이 영 아닌 것 같다. 그토록 안 된다는 사람을 기어코 장관을 시켰으니 얼마나 많은 욕이 튀어 나왔겠는가.

이처럼 시작부터가 최악의 상황이라 얼마나 잘 될지 모르겠지만 제발 부디 금년에는 조금이라도 욕이 줄어들었으면 좋겠다. 무엇보다 청와대를 향한 욕설의 절대량이 축소됐으면 한다. '개XX'가 아무리 약한 욕이라도 욕은 욕이다. 그래서 하는 것은 안 하는 것만 못하다. 올해에는 정말 '개'자가 들어가는 욕은 가급적 하지 않는 한 해가 되길 기원해본다. (2006.1.6)

현대저널리즘

열가지 쟁잼과 충돌

2019년 10월 25일 초판 1쇄 발행
2019년 12월 20일   2쇄 발행

정   가 9,000원

저   자 박인환
발행인 박은태
발행처 (주)경연사

주   소 경기도 파주시 광인사길 127(파주출판도시)
전   화 031-955-7654
팩   스 031-955-7655
이메일 kipp0175@hanmail.net
홈페이지 www.genyunsa.com